암살자라도
사이코패스가 되긴
싫어!

# 암살자라도 사이코패스가 되긴 싫어!

**발행일**  2021년 3월 16일

**지은이**  이주영
**펴낸이**  손형국
**펴낸곳**  (주)북랩
**편집인**  선일영                          **편집**  정두철, 윤성아, 배진용, 김현아, 이예지
**디자인**  이현수, 한수희, 김민하, 김윤주, 허지혜    **제작**  박기성, 황동현, 구성우, 권태련
**마케팅**  김회란, 박진관
**출판등록**  2004. 12. 1(제2012-000051호)
**주소**  서울특별시 금천구 가산디지털 1로 168, 우림라이온스밸리 B동 B113~114호, C동 B101호
**홈페이지**  www.book.co.kr
**전화번호**  (02)2026-5777                   **팩스**  (02)2026-5747

**ISBN**  979-11-6539-661-9 03810 (종이책)      979-11-6539-662-6 05810 (전자책)

---

**(주)북랩** 성공출판의 파트너

북랩 홈페이지와 패밀리 사이트에서 다양한 출판 솔루션을 만나 보세요!

**홈페이지** book.co.kr  •  **블로그** blog.naver.com/essaybook  •  **출판문의** book@book.co.kr

# 암살자라도 사이코패스가 되긴 싫어!

이주영 지음

북랩 book Lab

# 작가의 말

제 책을 사서 읽어주시는 분이 있을지 이 글을 쓰면서부터 떨립니다. 읽고 계시는 분에게는 먼저 감사를 표합니다.

머리말이나 작가의 말 같은 게 대부분 책의 앞에 있어서 저도 지나치고 본문부터 읽는 습관이 있었습니다. 그런데 책을 읽고 난 뒤에 입맛을 다시며 읽는 맛이 있더군요. 그 맛에 못 이겨서 순서대로 읽게 되었습니다. 맛있는 거 먼저 먹어야죠.

비문학으로 시작해서 소설까지 오게 되었습니다. 비문학을 읽으며 '역시 이런 게 책이지' 같은 생각을 가지고 소설을 무시했던 적이 있었습니다. 그때로 돌아가서 몇 권의 소설을 책장에 다 몰래 넣고 돌아오고 싶습니다. 조금 더 빠르게 소설에 빠져들 수 있도록 말이에요.

이 이야기를 쓴 이유는 제 바보짓이 어디까지 먹힐까 궁금해서입니다. 장래희망보다는 꿈을 좇는 게 더 즐겁거든요. 키보드에 양손을 올리고 글을 쓸 때면 시간이 쏜살같이 흘러갑니다. 마치 입맛에 맞는 책을 읽는 기분입니다. 손재주가 있어서 만들기나 레고를 가지고 놀곤 했었는데, 지금 생각해 보니 그럴 때의 기분과 비슷한 것 같습니다.

'좋아하는 일을 하면서 살 수 있다면 얼마나 행복할까'라는 생각이 머릿속에 맴돕니다. 사 둔 소설이 산더미처럼 있는데도 그렇게 멋진 책을 낸 작가들이 부러워서 못 읽고 있습니다. 전부 읽어서 새 책을 사는 날이 늦어지지 않기를 바랍니다.

추신: 작가의 말을 씀과 동시에 다른 이야기를 시작했습니다. 재미있는 이야기가 떠올라도 너무 짧아서 포기하기를 반복하며 차라리 단편집을 써볼까 했습니다만, 역시 장편이 쓸 때나 읽을 때나 재미있겠습니다.

# 목차

# ◇하나

'오늘 점심은 어쩌지' 같은 생각을 일주일에 다섯 번 해야 하는 나는 왕따다. 초등학교부터 남들과 다른 특별함을 자랑했기에 사교성이 좋지 않은 나에게 있어서 필연적일지도 모른다.

나는 이쪽이 더 편해서 교우관계를 개선할 생각은 없다. 중학교 때는 개인 사정 때문에 1년간 외국에서 지내다 돌아왔기에 바꾸고 싶어도 이젠 되돌릴 수 없다.

사립 고등학교래서 정상적인 애들만 있을 줄 알았는데 다를 건 없었다.

역시 매점인가 싶어서 치마 주머니에 돈을 찔러 넣고, 전부 급식실로 가버려 모두가 나간 교실을 가장 마지막으로 나섰다.

'쟤가 전설의 빨간 안경'이라든가 '염색한 것 봐봐'라든가 새 학교 새 학기가 시작한 지 일주일 만에 급식실로 향하는 줄에 서 있는 대부분이 나를 알고 있는 모양이다.

이 녀석들아, 할 일이 그렇게 없더냐.

나는 집에서 등교하지만, 기숙사가 있어서 중학교 때 왕따 당했던 소문이 빨리 퍼졌다고 생각한다. 선생님들은 눈치가 있는지 없는지 나에게 관심을 두지 않는 것 같다. 그런 썩어빠진 복도를 빠르게 지나쳐 매점에 닿았다.

"아직 일주일밖에 안 지나서 친구가 없니?"

매점 직원이 말을 건다. 반의 남자애들이 기생오라비 같다며 까대곤 하는데, 나쁘지 않게 생겼다. 그래도 관심은 필요 없다.

"네, 뭐…."

그가 바코드를 찍는 동안 돈을 미리 꺼내서 계산대에 올렸다. 개학 날부터 먹었던 달걀 샌드위치와 초코우유를 이어가는 중이다.

"나도 친구 만들―"

"안녕히 계세요."

속이 시커먼 건지 그냥 오지랖이 넓은 건지 알 수 없지만 가까이하고 싶진 않다.

중학교엔 매점이 없어서 어쩔 수 없지 급식실에 가곤 했다. 하지만 매점이 있는 지금은 일용할 양식을 구매해서 학교에서 가장 인기 없는 장소인 조그만 공원의 벤치에서 먹는 게 낙이 됐다.

"어어!"

뭐지? 날 부를 사람은 없는데. 환청? 환청이면 무서우니까 무시하자.

"어어!"

조금 전과 똑같은 남자의 목소리가 들려왔다.

"야!"

진짜 날 부르는 건가 싶어서. 양옆으로 고개를 돌려 둘러보았지만, 점심시간 초반인 지금은 누군가가 나와 있을 리 없었다.

"뒤!"

"거기 누구야! 너 이 새끼 옆 학교 다니는 애지?"

그의 말에 뒤돌아본 순간 아무도 없었다. 학생부장이 소리쳐서 도망친 듯했다.

"너희 학교 친한 선생님께 연락 꼭 드리고 말겠다!"

키가 작고 머리에는 비니를 쓴 정년을 앞둔 음악 선생님이다. 성악을 전공하셨다는데 그 덕에 목소리가 크시다.

"쟤 아는 애냐?"

짧은 다리로 종종 뛰어와서 말씀하셨다.

"모르는 사람이에요."

"그러냐? 다음에 보면 잡아둬라."

딱히 내 답을 기다리진 않고 그냥 가셨다.

은발의 머리카락이든 이렇게 혼자서 점심을 때우든 한번 답을 들으시면 과한 관심이 없으셔서 마음에 든다면 마음에 드는 선생님이다.

오후 수업도 마치고 누구보다 빠르게 집으로 돌아왔다. 운동장 건너편에 있는 기숙사보다 학교의 후문을 나서면 바로 있는 단독주택인 우리 집이 더 가까울 것이다.

"핸드폰은 왜 안 가져갔니?"

집에는 아빠가 계신다. 본부에서 일하시다가 올해부터 재택근무를 시작했다.

"핸드폰? 여기 있⋯ 학교가 집 앞인데 꼭 챙겨야 해?"

앞치마를 두른 아빠의 한 손에는 '일'전용 핸드폰이 들려있었다. 앞치마의 이유는 엄마가 곧 돌아오시는데 집안일을 아직 끝내지 않았기 때문일 것이다.

나는 현관문을 닫고 신발을 대충 꾸겨서 벗은 다음 세컨폰을 낚아채서 2층으로 올라갔다.

"사립은 좀 달랐어?"

방문을 열기 전에 아빠의 목소리가 들려왔다. 일주일 전에 입학할 때부터 물어와서 다녀보고 말해 준다고 한 게 오늘이다.

"똑같아. 죄다 멍청해서는."

"짜증 나는 애 있으면 말해. 지목해 주지."

"농담이어도 살벌하거든?"

"그리고 왔으면 손 씻어."

"귀찮아."

이따 저녁 전에 씻을 것으로 충분하다.

방에 들어서면 바로 보이는 것은 낡아빠진 컴퓨터—엄마의 눈에만 낡아빠졌다—의 본체다. 그리고 깔끔한 책상에 놓인 안경집과 손목시계, 왼쪽으로 시선을 돌리면 침대와 그 옆에 샌드백이 있다.

여자애의 방치고 조촐하다는 것은 이번 1월에 이사 오고 나서 소꿉친구가 집들이 왔을 때 알았다. 고등학생이 됐으니 마음대로 꾸며보라고 해서 필요한 것들만 둔 것인데 동갑 여자애에게 극딜을 받았다. 마지막으로 남은 한 명의 친구다.

'퍽'하며 7교시를 끝내고 집에 돌아온 기념으로 샌드백을 한 대 쳤다. 새로 산 건데 좋은 타격감이 비싼 값을 한다.

침대에 몸을 던지고 세컨폰의 메시지 목록을 확인했다. 지령은 대부분 아빠가 설명해 주지만, 굳이 확인하지 않을 필요는 없다. 새 메시지도 없었다.

세컨폰은 엄마에게 보이지 않게 잘 숨겨두고 원래 핸드폰을 켜서 유튜브에 들어갔다. 트위치 방송을 좋아하는데 스트리머가 늦은 저녁에 방송을 켜서 그동안은 운동이나 유튜브를 보며 시간을 때운다.

일거리가 있을 때는 엄마 몰래 나가서 처리하고 오는데 이는 명석한 내

두뇌 덕분이다. 그렇게 말해도 내가 체감할 수 있는 정도는 학교 성적뿐이다. 아빠의 동료들이 뇌가 근육을 더 효율적으로 동작을 익히고 처리할 수 있어서 신체 능력이 좋다는 소리도 얼핏 듣긴 했지만, 단지 내가 운동을 열심히 해서인 것 같다.

어렸을 땐 멋모르고 해킹을 통해 정보를 빼돌려 아빠를 돕고는 했다. 중2 외국에서 첫 암살 명령을 받았던 게 짜릿했는데 돈도 짭짤하고, 고등학교 입학 전부터 취업이라니 최고다.

"엄마 오셨다!"

"응!"

영상에 집중해서 현관문 소리를 못 들었나 보다. 엄마는 평범한 회사원이시다.

"학교는 괜찮았니?"

"응, 뭐…."

내가 얼버무릴 때 하는 말버릇이다.

"힘들면 꼭 말해라."

'라'는 내려갔다가 '아'로 올라오는 다짐받는 말투다.

"안 힘들어."

내려온 김에 그냥 손 씻자는 생각으로 화장실로 향했다.

"너 언제 왔는데 이제야 씻니?"

엄마가 외투를 벗으며 말했다.

"방금 왔어."

"오자마자 씻어야지."

손 씻는 게 뭐가 대수라고….

다시 계단을 오르려 한 발 내디뎠는데 아빠가 옆구리를 쿡 찔렀다.

"꺄악, 간지러!"

"올라가 봐라."

아, 지금이면 방송 늦을 텐데.

세컨폰에는 문자가 하나 와 있었다. 어떤 회사의 자료를 삭제시키라는 것이다.

들도 보도 못한 회사를?

처음 듣는 만큼의 지명도처럼 보안의 질도 낮았다.

가장 높은 녀석… 얘가 좋겠다.

사장의 회사 클라우드 계정을 이용해서 지정된 파일을 날려버릴 생각이다. 개발한 프로그램을 돌리면 두 시간, 늦어도 세 시간이겠지. 밥 먹고 와서 빨리 끝나길 빌면 대충 방송을 놓치지 않을 수 있다.


다음 날, 스트리머가 새벽 늦게까지 방종을 안 해서 하마터면 지각할 뻔했다.

"너는 이 앞에 살면서 9시 되기 직전에 와야겠니?"

선생님이 조회 시간에 한소리 하셨다. 하지만 나에게 지각은 50분까지의 연약한 것이 아니다. 무단만 아니면 된다.

"그리고 그거 진짜 자연 맞지?"

찰랑거리는 은발을 흩날리며 자리에 앉자 익숙한 질문이 왔다.

"자연이라니까요."

일부 선생님은 진짜 그런가 보다 하면서 믿어 주는 반면, 일부는 끈질기다. 중학교 때는 막 머리가 하얗게 세기 시작해서 더 곤란했으니 그때보다는 낫다. 이러면서 컬러렌즈는 안 잡는다.

나는 이 특별한 은발이 좋다.

조회가 끝나고 체육복을 갈아입었다. 잠깐 교복 바지를 입었던 적이 있는데 갑갑하기도 하고 갈아입을 때는 치마가 편하다.

체육 시간도 혼자, 첫 미술 시간엔 친해져 보라며 하는 활동도 혼자. 그래도 국어와 수학 시간은 나를 배신하지 않고 착실히 자리에 앉아 수업했다.

그렇게 점심시간이 돌아와 매점에 향했다.

"일주일 째 그것만 먹으면 안 질려?"

"네, 뭐…."

이번엔 돈을 손에 건네주고 일주일 째 늘 앉아온 벤치에 앉았다.

쭈웁, 쭈웁, 으음~ 달콤한 이 맛!

퍽퍽한 달걀 샌드위치를 초코우유가 입에서 녹여줬다.

"어어!"

"켁 켁. 누구야!"

"놀랐어?"

"당연하—"

"너 누구야?! 내가 꼭 잡고 만다!"

안 놀라고 배기겠냐며 받아치려 했지만, 학생부장이 후문을 뛰쳐나가 그를 쫓아갔다.

'아아 죄송해요!'가 마지막으로 들리는 걸 보니 도망에 성공했는지 부장 선생님은 씩씩거리며 학교 건물로 돌아갔다.

'누군데 점심시간에 학교를 빠져나와서 이쪽으로 오는 거지'라는 생각을 하며 쓰레기를 챙겨 도서관 앞에 있는 쓰레기통에 버렸다.

도서관이나 가볼까.

이 학교의 도서관은 처음이다. 책을 읽는 걸 즐기진 않지만 다니는 학교의 도서관이라면 한 번쯤은 들러 줄만 하다.

도서관의 한편에는 새 학기에 구매할 책을 신청받는다며 제목을 적는 종이와 포스터가 붙어있었다. 종이에는 두 권의 책이 적혀있었다. 나도 적어볼까 싶었지만 아는 책이 없었다. 다음에 오자.

그렇게 다시 돌아온 다음 날의 점심시간.

"또 무시할 거지?"

"네, 뭐…."

"진짜 너무하다."

오늘은 다른 맛의 우유를 사 봤지만 역시 초콜릿맛이 최고다.

"여—"

"왜?!"

이번엔 그가 말을 늘이기 전에 반응했다.

"히익! 무서워라."

그의 반응이 궁금해서 뒤를 돌아봤다. 초록색 울타리 너머에 있는 학생의 교복은 확실히 옆 남고등학교의 것이었고 키는 170이 넘어 보였다. 얼굴은 점심시간에 학교를 빠져나올 정도로 생겼다.

"눈, 예쁘다."

"…."

"렌즈?"

"원래 이 색이야."

"나도 평범한 갈색 눈이나 검은 머리가 아니라 특별했으면 좋을 텐데."

"엣헴, 그래서 사흘째 오는 이유가 뭐야?"

헛기침으로 분위기를 환기하고 물었다.

"지나간 건 일주일 넘었어."

"개학부터 지금까지 점심시간에 학교를 나왔어?"

"웅!"

"무엇 때문에?"

"매점이 없어서 편의점 가느라."

"선생님이 뭐라고 안 해?"

"나처럼 실력이 좋으면 걸릴 일 없지. 히힛!"

그는 히죽 웃어 보였다.

"그래?"

샌드위치와 초코우유를 벤치에 가만히 두었다.

"왜 먹다 말아?"

"너 잡으려고."

"네가 후문까지 달려가면 이미 늦었을 텐데?"

"문은 필요 없어."

나는 말이 끝나기도 전에 학교의 울타리에 점프해서 양손을 짚음과 동시에 텀블링으로 몸을 넘겼다.

"꺄악!"

이 비명은 내 것이 아니다.

"뭐래."

"치마!"

"꺄악, 변태."

나는 무미건조하게 말하며 그의 팔을 붙잡아 연행했다. 물론 치마 안에는 속바지가 있다.

"뭐야? 진짜 잡혀 가?"

"학생부장이 잡아달라고 해서."

"네가? 나를?"

"빠져나가 보던지."

그는 용을 쓰며 잡힌 팔을 빼내려 했지만 쉽게 빠져나갈 수 있을 리 없었다.

"안 돼, 혼날 거라고오!"

마지막에는 질질 끌다시피 해서 후문을 넘어섰다. 부장 선생님이 입이 벌어진 채로 기다리고 계셨다.

"선생님?"

"어, 그래. 고맙다. 잡아내기 위해서 담을 넘은 거니 특별히 봐주마. 위험하니까 다음은 무슨 일이 있어도 그러지 마라."

"네."

"죄송해요오! 살려만 주세요오!"

"이 녀석아 내가 널 죽이겠냐?"

작은 키임에도 느껴지는 아우라에 그는 속수무책으로 잡혀갔다.

잡아넣는 쪽도 재미있다니까.

등교와 하교, 트위치 생방송이 반복되며 지루한 학교생활을 이어가고 있었다. 남자애는 저번에 크게 혼났는지 요새 통 보이지 않았다.

학교생활처럼 반복되는 똑같은 점심을 먹고 절반 정도 남은 점심시간에 책상에서 잠을 청했다. 복도에서 시끄럽게 다니는 친구 많은 자들의 소리가 거슬렸지만 그럭저럭—쾅!

'쾅?'

책상에서 진동이 느껴졌다.

"애 친구 없어서 처 잔다. ㅋㅋ"

"자는 척하는 거 아니야? ㅋㅋ"

"너도 중학교 때 친구 없었다며? 이 새끼 지 경험 말하네."

"아~ 그러지 말아라, 피티에스디(PTSD)온다."

진정한 외상 후 스트레스 장애를 겪게 해줘야 하나 싶었다. 일단은 무시

―쾅!

"일어나 봐, 면상 좀 보자."

"얼마나 빻았으면 친구가 없을까~?"

"ㅋㅋ"

제발 신이시여 살생을 면하게 해주소서. 나무 아멘타불 관세음보살.

그때 이미 열린 교실 문을 소리 나게 다시 열더니 누군가가 등장했다.

"걔 괴롭히지 마!"

"네가 뭔데?"

"우리 반 애니까 내가 괴롭힌다."

"하~ 골때리는 새끼네. 반땡하자."

"뭐래, 1/3까지만 준다."

그렇게 관종 삼총사가 모여 자신들의 부모님 이름을 대며 의형제를 맺고
반을 빠져나갔다.

별안간 정신 나간 놈들이네.

"(쟤 벌써 따 당하나 봐.)"

"(불쌍하다.)"

"(그럼 네가 가서 놀아줘.)"

쓰읍, 귀가 따갑네.

여자애 셋이 안 들릴 거라고 생각하는지 재잘거리기 시작했다.

"(쪽팔리게 내가 왜?)"

"(너네 그러면 못 써, 학교폭력을 보면 구해줘야지.)"

암살자라도 사이코패스가 되긴 싫어!

"(잘난 네가 도와줘 봐라.)"

"(아, 근데 나는 왕따에는 이유가 있다~는 게 입장이라.)"

"(인정인정.)"

"(ㄹㅇ팩트인게 그런 애들 보면 죄다 당할 짓만 하고 삶.)"

"(그래도 쟤는 백발인 거 빼면 나쁘지 않게 생겼던데?)"

어떤 남자애 하나가 그녀들의 대화에 꼈다.

"오타쿠가 어딜 끼어들려 해."

"흐흥 에밀리아땅 체고라능 이!엠!티!(EMT)"

"꺄르륵 역겹다 진짜. ㅋㅋ"

"ㅋㅋㅋ"

오타쿠가 컨셉인지 진심인지는 모르겠으나 저 남자애는 의외로 사교성이 좋은 것 같았다.

나는 예비 종이 치자 아무 일도 없었다는 듯이 꿀잠 잔 것처럼 상체를 일으켰다.

음악 이동수업… 음악실이 몇 층이었지?

물어볼 친구 따위 없다.

"얘들아 5교시는 2층 음악실이야! 별관 왼쪽에 있어!"

반에서 똑 부러지는 애가 소개해 줬다. 하는 짓을 봐서 곧 반장이 될 것 같다.


다음 날, 시간이 지나도 내가 검은색으로 머리를 물들이지 않자 가끔 진짜 자연이냐며 묻는 애들이 생겼다. 대답의 필요성은 없었기에 무시할 뿐이었다.

"아… 달걀 샌드위치 없나요?"

슬프게도 매대에 보이지 않았다.

"응, 어제저녁에 야자 하던 애들이 '오늘은 이거다! ㅋㅋ'하면서 남은 거 다 가져갔어."

이 남자, 매점 일이 아무리 지루해도 성대모사는 아니다 싶다는 생각은 안 드나?

"어쩔 수 없네요."

초코우유만 골랐다.

"그것만? 부족하지 않아?"

"네, 뭐…."

학교의 공원에는 벚꽃이 피어서 날리고 있었다. 덕분에 벤치에 있는 꽃잎을 털어내야 했다.

"여어~!"

"푸웁!"

초코우유가 자유를 찾아 떠나려는 걸 겨우 참았다.

"미안! 놀랐어? 내가 미안해! 잡아가진 마!"

"요새 안 오다가 왜?"

"저번에 혼나서… 지금은 준비물 때문에 외출증 받고 나왔거든. 그랬는데 네가 그림같이 앉아있길래."

"그림같이?"

"벚꽃 아래의 벤치와 여고생의 뒷모습! 남고에서는 환상—"

"네 이놈 또 왔어!"

학생부장 선생님이 그를 쫓아냈다,

"이번엔 외출증! 여기, 갈게요!"

그는 종이 쪼가리인 외출증을 흔들어대며 도망갔다.

"바로바로 들어갈 것이지. 남자친구냐?"

"모르는 애 맞아요."

"남자친구도 아닌 게 말이야. 쯧쯧."

나는 나머지 초코우유를 단숨에 들이키고 치마와 어깨에 앉은 벚꽃잎을 털어내며 일어났다.

'그림 같다'라…. 예쁘다는 소리?

5교시 시작 전까지 지낼 곳은 다름 아닌 교실이다. 복도를 거니는데 평소보다 많은 시선이 느껴졌다.

"(쟤 머리…)"

"(레전드 ㅋㅋ)"

머리카락 이야기였냐, 싱겁긴.

"(예쁜 척하려 해도 저건 아니지.)"

뭐가 아닌데.

"(취향, 취향, 존중해 줘. ㅋㅋ)"

머리를 쓸어 보았다. 꽃잎 몇 장이 떨어져 복도에 흩날렸다.

"애들아."

"…우, 우리?"

"꼬우면 이렇게 눈을 마주치고 말하자."

둘 중 더 약해 보이는 녀석을 붙잡고 당부했다.

"꼽다니…."

"우리는 그, 그러지 않았어."

나를 보며 낄낄대는 애들마다 이렇게 하면 좋겠지만 그것대로 귀찮은 일이다.

꼭 누군가가 혼자 하는 실험 실습과 역시나 혼자인 체육을 마치고 하교하는 길. 다들 삼삼오오 무리를 지어서 정문과 후문으로 나뉘어 빠져나갔다.

"여어~!"

익숙한 목소리다. 오른쪽, 뒤, 마지막으로 왼쪽을 바라봤을 때 그가 손을 흔들며 서 있었다. 일행 둘이 그를 귀찮아하며 끌고 가려 했다. 그의 친구 관계를 존중했기에 빨리 꺼져버리라는 마음으로 아무 반응 없이 집으로 돌아갔다.

"핸드폰 챙기라고 했잖니."

"두 개나 가지고 다니려면 무거워."

"연락 왔다 올라가서 읽어 보렴."

"설명은?"

"시간 나면 그 핸드폰으로 해주마. 곧 엄마가 올 때니까."

"응."

필통과 공책 한 권만 들어있는 가방을 냅다 던져두고 의자에 앉아 세컨폰을 켰다. 30대 여성과 남성의 사진과 주소, 연락처가 적혀있다. 연락처는 매번 주는데 왜 알려주는지 모르겠다.

예고해서 놀라지 않게 해주라는 건가.

목표 암살… 거주지는 ○○시 □□동… 응? 이거 우리 옆 동네인데?

"아빠! 너무 가까운 거 아니야?!"

내려가기 귀찮으니 방문만 열고 큰 소리로 말했다.

"가까우니 좋지!"

"아는 사람이랑 마주치면?!"

"자연스럽게 인사를 나눠!"

"피가 묻어있으면?!"

"토마토 축제에 갔다가 이제 막 돌아온 참이라고 해!"

하아….

트위치 생방송을 보며 아빠의 설명을 기다렸다.

[준비됐나.]

네, 선장님! 같은 소리를 이전부터 바라시는 것 같지만 절대 안 해주지.

[ㅇㅇ]

[군에 장비를 납품하는 회사에 근무. 신기술의 기밀을 타국에 팔아서 돈을 받고 해외로 뜨려 한다.]

[이게 다야? 짧아.]

[사실 접촉할 수 있는 곳은 전부 입막음시켜뒀다. 밀항조차 단속을 늘렸으니 힘들 것이다.]

[군사기밀이면 좋다고 덥석 물 텐데 어떻게 입막음시켜?]

[그 어떤 자료를 보여줘도 실물을 보기 전까지는 절대 믿을 수 없는 물건이다.]

[택배도 다 단속할 거야?]

[민간 해외배송 택배만 하면 되니까 놀고 있는 인력 쓰기 딱 좋다.]

[아무것도 못 하는데 그냥 압수수색 해.]

[해도 나오는 게 있어야지. 업계의 본보기로도 필요하다.]

[대체 무슨 물건이길래?]

뜸을 들이더니 답장이 왔다.

[전술 헬멧이라는 것 빼곤 말 못 해준다.]

[보수는?]

[반반.]

나는 핸드폰을 꺼내서 아빠에게 전화했다. 아래층에서 전화음의 한 마디가 끝나기도 전에 끊김을 들을 수 있었다.

[네 엄마 깰 뻔했잖아!]

[내가 기

[아이고 딸이 아빠 말려 죽이네.]

[월급도 받을 거 아냐. 운동할 겸 아빠가 하고 다 가지든지.]

[나이 50 먹고 뭘 하겠냐. 너 다 해라, 다 해.]

[감사.]

주고받은 메시지는 전부 지웠다. 지령까지도.

아, 설명받느라 방송 조금 놓쳤네. 나중에 다시 보기를 돌려야겠다.

개학은 친구가 많든 적든 피곤해서 암살준비는 내일부터 들어가기로 했다.


"이번엔 초코우유가 없나요?"

"내가 발주를 잘못 넣어버렸어. 미안."

그는 합장하며 미안함을 표했다.

결국 초코우유 대신 그냥 딸기우유와 늘 먹던 달걀 샌드위치를 샀다. 오늘도 벤치에는 꽃잎이 난무했다.

벚나무 뽑아버렸으면….

"여어~!"

고소한 샌드위치를 입에 넣으려 한순간 그가 부르는 소리가 났다.

"또 왔어?"

"그럼!"

"안 질려?"

"너 학교 앞에 사는구나."

"스토커네."

뒤돌아서 본 그는 학교 울타리에 두 팔을 걸쳐서 기대있었다.

"끝까지 손을 흔들었는데 네가 무시했잖아."

그리고서 쭉 뻗은 팔 끝의 손을 흔들어 보였다.

"친구들이랑 놀아."

"걔들은 비전이 없어."

"어떤 부분에서?"

"흠… 여러 가지?"

"그럼 그렇지."

"앗!"

그는 몸을 수그렸다. 주변을 둘러보니 학생부장 선생님이 교정을 거닐고 계셨다.

점심을 항상 늦게 드시는 편인가?

"그거 맛있냐?"

"네? 네."

"(노력이 가상하다고 전해 주어라.)"

선생님은 그가 있던 쪽을 바라보고는 돌아가셨다.

"들켰나?"

그가 두더지처럼 다시 상체를 내밀었다.

"들켰어. 노력이 가상하대."

"뭐야? 그럼 이제 도망 다니지 않아도 돼?"

"나야 모르지."

그렇게 말하며 다시 몸을 운동장 쪽으로 돌렸다.

"그런데 음… 미안하지만… 친구 없어?"

"없어. 보면 알잖아."

"단 한 명도?"

"단 한 명은 다른 학교에 다녀."

"같은 학교가 아니라서 아쉽겠다."

"없으면 없는 대로 눈치 볼 사람이 줄어드는 거야. 평생 친구가 꼬이는 사람들은 이 편함을 모를걸?"

"노숙자의 자유로운 영혼이 편하다는 소리를 여기다가 하는 거냐."

"비슷하다고 할 수 있겠네."

"슬슬 가볼게. 나도 점심을 먹어야 하니까."

딱히 작별인사는 하지 않았지만 급하게 돌아가지 않은 건 오늘이 처음이었다.


하교 후에는 급히 방으로 올라가는데 아빠가 말을 걸었다.

"급해 보이네, 오늘부터 실력 발휘냐?"

"응, 정찰부터 할게."

"하고 싶은 대로 해라. 경찰이 꼬이지 않게 잘해."

전등의 뚜껑 안에 숨겨 둔 스위치를 눌러서 장비가 있는 비밀 벽장을 열었다.

얼굴만 빼놓고 전부 가릴 수 있는 전신 타이츠 두 벌, 쌍안경, 단검 하나, 맥심 9 이 한 정, 써보라고 얼마 전에 받은 스마트 리볼버 한 정, 미국에서 몇 번 쏴 본 VSSM(저격총)이 마지막이다.

이 중에 가장 중요한 것은 전신 타이츠다. 짧은 머리는 싫고 은발은 눈에 띄니 전부 가려야 한다. 그래도 정찰인 만큼 모자를 눌러쓰고 쌍안경을 챙기는 것으로 끝났다.

나란히 있는 아파트의 두 번째 동…. 자연스럽게 지나치면서 정면의 창문을 먼저 찾았다. 직접 피를 묻히는 것보다 저격이 편하다. 소음의 변명은

암살자라도 사이코패스가 되긴 싫어!

옥상에서 콩알탄이나 가지고 놀고 있으면 충분하겠지.

거실의 큰 창이 하나, 그 옆의 발코니, 반대쪽 방의 창문. 방 옆의 공간은 창고? 신발장? 벽장?

발코니에 있는 창문 너머가 안방 같았다. 15층의 높이라서 앞 동의 옥상에 올라가서 쌍안경으로 관찰해봤다. 저격의 각도는 충분히 나왔다. 이제 남은 건 CCTV의 파악이다.

아파트에 있는 것은 통제하는 중앙 시스템을 해킹하면 충분하니 실제 동선과 속임수용 동선에 있는 것들을 지도에 표시했다.

이 정도면 일주일은 걸리겠네.

경찰에 들켜도 어찌저찌 무마되겠지만 먹인 돈 만큼 약속한 금액에서 빠져나갈 것이다. 준비된 돈보다 더 쓰일 경우, 내가 부담해야 하니 각별한 주의가 필요하다.

집에 돌아와서는 더 커다란 지도에 CCTV의 사각지대를 표시해서 일거리를 줄였다. 그래 봤자 줄어든 건 5개도 안 되는 게 슬펐다.

다음은 아파트 관계자의 메일을 알아냈다. 사전준비를 마치고 알아낸 주소로 메일을 보냈다. 내용은 솔깃한 광고로 꾸몄고 이 메일을 읽는 순간 IP를 알아낼 수 있을 것이다.

어? 트위치 방송 시간이네.

가장 큰 건 끝냈으니 여유롭게 기다릴 차례이다. 여유롭게 방송을 시청하다가 새벽 4시에 잠들었다.


학교에는 늦지 않았지만, 수업시간 내내 잠을 자고 상쾌한 점심을 맞을 수 있었다.

"이번엔 두 개 다 있어! 소녀."

그의 말대로 달걀 샌드위치와 초코우유가 전부 준비돼 있었다.

소녀는 대체 무슨 호칭이야….

계산을 마치고 벤치의 벚꽃을 털어낸 뒤 앉아서… 이번엔 반대로 앉아 봤다. 풍경이 모래투성이 운동장에서 초록색 창살로 된 담으로 바뀌었다.

거기서 거기네.

평일 이 시간에 돌아다니는 사람은 적었기에 울타리 너머의 길에는 아무도 지나다니지 않았다.

"여어~?"

"(우물우물)"

"왜 그러고 있어?"

"점심의 배경을 바꿔볼까 싶어서."

그는 팔짱을 끼고 기대다가 이내 두 팔을 걸치는 자세로 바꾸었다.

"돌아가서 생각을 좀 해 봤는데 역시 친구가 없으면 외롭지 않아?"

"좋을 대로 생각해."

"친구가 없다고 상상하면 세상에 나 혼자 밖에 안 남는 기분이야."

"그게 뭐가 어때서?"

"RPG 게임을 해서 캐릭터를 강력하게 키웠는데 혼자만 재미있는 게임이라 유저도 없고 자랑할 곳도 없는 거지."

게임을 즐기진 않지만, 이해는 됐다.

"부모님이 있잖아."

"부모님은 게임을 안 해."

"아빠는 하던데?"

"게임에도 종류가 있어. 어른들만의 게임과 아이들만의 게임. 엄연히 다른 세계야."

"많이 생각해 봤나 보네."

"대화할 기회가 생겼으니까."

그는 울타리 너머에서 빙긋 웃어 보였다.

"네가 대화할 기회라고 해서 물어볼게. 왕따랑 놀아도 재미있어?"

당황한 그는 삐끔거리며 단어를 고르는 듯하다가 답했다.

"네가 왕따라는 거야?"

"그런 셈이야."

"친구가 없어서 스스로 그렇게 생각하는 게 아니라?"

"이 머리카락에 요즘 SNS면 빠져나가기 힘들지."

나는 등에 닿아있는 뒷머리를 들었다 놓아 보였다.

"예전부터 머리카락 때문에?"

"나야 모르지. 나를 질투하던 몇몇이 시작해서 퍼졌을지도 모르고 친구 사귀는 걸 잘못하는 내가 어디선가 잘못했을 수도 있고."

"지금은 낯선 사람인 나랑도 자연스럽게 이야기할 수 있잖아."

"애매한 관계가 아니라 완전히 남이라면 마음 편히 말할 수 있어. 어느 쪽이 실수하든 마음에 들지 않으면 바로 손절할 수 있으니까."

"그 말대로라면 완전히 가까운 사람보다 편하다는 거네."

"으음…."

내가 무심코 한 말의 약점을 그가 눈치챘다.

"그렇게 가지치기하듯 쳐내다 보니 소꿉친구 하나만 남은 거 아니야?"

"너도 나를 가지치기하는 게 좋을걸? 여자애들 입에서 네 이름이 오르내리고 싶지 않다면."

엄지로 내 뒤를 가리켰다. 밥을 먹고 나온 학생들이 이쪽에 관심을 보이는 눈치였다.

"왜 여자애들이야?"

"남자애들은 대체로 동성에 관심이 없거든. 맞지?"

"어… 그런 것… 같아."

그는 눈을 위쪽으로 굴려보며 생각하는 동작을 취했다.

"하긴, 너희 남고랬지? 그럼 상관없겠네."

"이래 봬도 소개해 달라고 줄이 서 있는 사람이야."

"농담도 정도껏 해야지."

"그렇게 인기 없어 보여?"

"이 시간에 남의 학교에서 그러고 있는 게 인기 없다는 증거잖아."

"으윽."

"돌아가 봐, 인기가 아니라 점심마저 놓치고 싶지 않으면."

"우우… 내일 봐! 아니, 월요일에!"

내일은 토요일이다. 표시해 둔 길거리를 비추는 CCTV의 IP를 주말 내에 전부 찾아낼 생각이다.


으하암~ 어제 찾다 남은 카페 IP 3개… 또 3번이나 가야 해?!

토요일에는 작업효율을 위해서 커피를 마시며 IP를 알아냈지만, 나머지 카페에서도 커피를 마셨다가는 카페인 중독에 걸릴 것 같아 다른 음료를 마시긴 했다.

[오랜만에 만나자!]

빵모자를 푹 눌러쓰고 이제 나가려는데 하나 있는 친구에게서 연락이 왔다.

[14시 ○○카페로 와.]

일방적인 통보를 마친 후에도 몇 번 진동이 울렸지만 일이 먼저였다.

꿀꺽꿀꺽, '어제 그 카페보다 딸기 에이드는 맛이 없네'같은 평가를 하며 잠시 휴식을 취하는 나에게 카페 미슐랭 가이드를 만들어 주고 있었다.

"여러 카페를 돌아다니시나 봐요."

"네?"

어떤 남자가 내 뒤에서 말을 걸었다.

"짜잔!"

그가 내 머리에 있는 빵모자를 벗고 대신 자신의 얼굴을 들이밀었다.

"뭐야?!"

"악! 쓰읍… 아아… 아프잖아."

신음과 함께 모자는 제 위치로 돌아왔다.

"너였어?"

"응."

점심시간에 항상 만나던 그였다.

"이름이?"

"전화번호가 아니라 이름을 따?"

"아직 이름을 모른다 싶어서."

"서·현·석이야."

그는 한자씩 또박또박 말했다.

"좋아, 나는 민솔."

"성은?"

"여성."

"여민솔?"

"아니, 나는 여자라고."

"그 성 말고 성. …이름 앞에 성."

"민."

"민민솔?"

"…외자야."

"아아아아~!"

그는 그제야 깨달은 리액션을 취하며 이해했다.

"너는 카페에 자주 다녀?"

"아니, 오랜만에 부모님이 오셔서 음료 심부름 겸 나왔어. 이 카페의 커피를 좋아하시거든."

"그렇구나."

"그러는 너는? 그 카페 이름마다 별 표시는 뭐야?"

"이, 이거? 그, 그거야, 그거. 이사 와서, 마음에 드는 카페 찾기, 응, 그거."

너, 너무 더듬었나…?

"그래? 나는 이거 식기 전에 가볼게."

대충 납득갔는지, '미세요'라고 적혀있는 문을 당겨서 열고 카페를 빠져나갔다.

오랜만에 오셨다… 부모님이 같이 출장 다녀오셨나.

나는 주문한 음료를 다 마셨지만, 자리에서 일어나진 않았다. 소꿉친구와의 약속장소가 이 카페였기 때문이다.

약속시간 5분 전이 되니 지은이의 모습이 보였다. 그녀는 카페의 문을 '당기세요' 방향으로 제대로 당겨서 열고 들어왔다.

"안녕!"

"다음 카페로 가자."

"그 성격은 여전하구나."

"본 지 두 달도 안 지났어."

나는 노트북을 보느라 흘러내린 안경을 고쳐 쓰고 그녀와 다음 목표로 향했다.

"카페 탐방이야?"

"그런 셈이지."

카페에선 마주 앉아서 그녀가 노트북의 화면을 볼 수 없도록 했다. 딱히 관심을 가지지는 않았지만.

"내가 보낸 거 아직도 안 읽었지?"

"무슨 내용인데?"

"그냥 잡담."

핸드폰을 켜서 메신저를 열어보니 '학교는 어때?'나 '공부가 어쩌고', '선생님이 저쩌고' 같은 진짜 잡담만 있었다.

"정말로 하고 싶은 얘기를 골라줘."

잡담의 주제는 마음에 들지 않아서 다른 얘기를 꺼냈으면 한다.

"음… 예전의 중2병 놀이는 아직도 하고 있어?"

여행지에서 목표를 쫓는데 우연히 그녀와 마주쳐서 열심히 변명했던 게 새록새록 떠올랐다.

"아직 중2병 못 고쳤어."

열심히 키보드를 두드리며 말했다.

"그것도 놀이는 아니지…?"

"다행히도 아니야."

"너는 항상 바빠 보이더라."

"네가 바쁠 때마다 날 찾는 거야."

드디어 노트북을 덮고 그녀를 마주 봤다.

"그럼 바쁘니까 다음에 만나자고 하지."

"하나밖에 없는 친구를 기다리게 할 순 없었어."

"그런 말도 할 줄 알면서 왜 친구를 못 사귈까~?"

그녀는 흐뭇한 표정으로 음료를 쪽쪽 빨아댔다.

"하나면 충분해… 잠시만."

쓰읍… 하루에 음료를 몇 잔씩 마셔대니 카페마다 화장실을 안 들릴 수가 없다.

"시원했어?"

"너는 참…."

"배팅장 가보지 않을래?"

"배팅장?"

도박하는 곳인가.

"요새 야구에 빠졌는데 한번 가보려 했었거든. 그런데 근처에 너희 집이 있길래 같이 놀면 좋겠다 싶어서."

"야구공을 치는 거야?"

"맞아! 스트레스 날려버리러 가자!"

마침 할 일도 마쳤으니 나쁘지 않다. 카페나 편의점만 돌아다니는 것도 수상할 테니까.

"어디에 있어?"

다 마시지 않은 음료는 손에 든 채로 나왔다.

"바로 앞이야."

야구연습장이라….

"생각보다 쾌적하네."

비교할 만한 것을 본 적은 없지만 만족할 정도였다.

"고심을 거듭해서 고른 곳이 네가 사는 집 근처인걸 감사하게 생각하라구."

80부터 150까지 숫자가 적힌 표지판이 있었다. 150은 하나밖에 없었다.

"저게 속도야?"

"응, 80킬로(km)부터 해 보자."

사람이 없다시피 해서 사람이 많은 걸 싫어하는 나는 마음에 들었다. 가게 주인은 좋지 않겠지만.

"방망이는 이거면 되겠다. 치는 방법 알아?"

"이렇게 치는 거야?"

나는 대충 공이 올 만한 곳에 방망이를 일자로 휘둘러보았다.

"하하, 나무인형 같아!"

"그럼 어떻게 해?"

"먼저 다리를 조금 더 벌려."

"응."

"뒷다리에 무게중심을 옮겨 봐. 맞아, 그런 식으로."

오른 무릎을 굽히며 몸을 뒤쪽으로 옮겼다.

"이제 앞발을 한 발자국 정도 몸이랑 앞으로 나아가며 휘둘러 봐."

방망이가 공기를 갈랐다.

"휘두를 때 자연스럽게 뒷발과 허리도 적당히 돌려주면 돼."

조그마한 운동을 해도 항상 몸을 같이 쓰라는데 야구라고 팔만 휘두를 리는 없었기에 대충 이해됐다.

"이런…식으로?"

부분 동작으로 나눠서 확인을 받았다.

"맞아, 끝에서 밀어주는 느낌."

배운 대로 한 번 휘둘렀다.

"어때?"

"…뭔가 이상한데."

한 번 더 휘둘렀다.

"끄응, 너 양손잡이 아니었어?"

"양손잡이 맞아."

"일단 해 보지. 반대쪽에서 거울을 보는 것처럼 하면 돼."

동작들을 정리하고 다시 한번 휘둘렀다. 보다, 자연스러워졌음을 느낄 수 있었다.

"그거야, 그거!"

몇 번 더 휘두름으로써 완벽하다는 생각이 들었다. 완벽해질수록 긴 머리가 얼굴과 목에 감기긴 했지만.

"머리끈 없어?"

"응."

"자, 아니다 내가 묶어줄게."

내가 묶으면 포니테일 밖에 더 안 된다는 걸 아는 그녀는 대신 똥머리를 만들어 주었다.

"돈 넣는다아~."

야구공이 날아왔다. 매우 느린 야구공이. 느려서 전부 날려버렸다.

"시시하다. 난 150으로 갈게."

"70킬로를 올려버리는 건 너무 얕보는 게 아닐까?"

"총알보다는 느려."

"…"

"아… 사람 있다. 기다려야겠네."

"잘 봐, 나의 시범을."

내가 먼저 쳤는데 시범은 무슨 시범.

그녀도 절반은 쳐 낼 수 있었다.

"엄청난 시범이었어. 대단해."

"너, 너무 느려서 타이밍이 하나도 안 맞는다. 아하하하!"

"자리 났는데 이번엔 네가 먼저 해 볼래?"

150km 존을 가리켰다.

"무리야 무리. 저런 괴물같이 빠른 공."

"나랑 같이 운동하자는 건 자신 있는 거 아니었어?"

"아까 스윙 자세가 이상할 때까지는 있었어."

자신이 없는 그녀를 두고 150km의 맛을 보기 위해 타석에 섰다. 첫 구를 쳐냈는데 어디선가 환호성이 들려왔다. 돌아보니 같은 유니폼을 입은 한 무리의 남자애들이 있었다.

"쟤 뭐야?"

두 번째.

"여자야?"

세 번째.

"이번 대회는 망했다."

네 번째.

"김칫국 드링킹이 너무 빠르다."

다섯 번째.

"저 실력으로 야구를 안 하면 슬프겠는데."

여섯 번째.

나를 부러운 눈으로 바라보는 지은이.

일곱 번째.

"이쪽 본 거 아냐?"

여덟 번째.

"당연히 날 본 거지."

아홉 번째.

"네가 가장 빠른 건 알지?"

열 번째는 아쉽게 스치기만 했다.

"멋있어!"

그녀가 나에게 달려왔다. 시선을 같이 느끼고 싶은 모양이다.

"(근처 고등학교에 야구부가 있어?)"

"(그건 모르겠네.)"

"저, 저기⋯."

그들 중 하나가 어색하게 다가왔다. 뒤의 일행은 자기들끼리 그를 보며 시시덕대고 있었다.

"응?"

"몇 살⋯이세요?"

"열일곱. 고등학교 1학년."

"아하하, 동갑이네요. 아하하."

그렇게 그는 머리만 긁적이다가 돌아갔다.

"숙맥이네~ 나 치는 것도 봐줘."

"봐 줘야 해?"

"150은 아니어도 130을 홈런 날리는 걸 보여줄게!"

괜히 무리하는 건가.

"이얍— 얍⋯ 이야앗⋯ 하압⋯ 웃⋯ 꺄악⋯ 히얏⋯."

친구지만 가관이다.

"그럴 줄 알았어."

"우우우우으우으우우으웅…."

그녀는 마음대로 되지 않아 분을 삭이는 중이다. 야구부 무리는 120km와 130km를 주로 쓰고 있었다.

"칠 만큼 쳤어?"

"…."

"나 저쪽에 던지는 것도 해보려 하는데."

그녀의 눈이 다시 반짝였다.

나보다 앞에 서 있는 걸 좋아하는 걸까. 그래 봤자 내가 다시 따라잡을 텐데.

"왼손으로 공을 쥐고 내 동작을 반대로 따라 해 봐."

타석과 같은 손으로 알려주려나 보다. 역시나 요점은 몸의 중심이동이었다.

"이렇게 하면 되지?"

배팅과 같은 시행착오는 없이 한 번에 공이 직선으로 날아가 목표에 꽂혔다.

90km.

"90? 내가 보여줄게!"

66km

"잘 봤어."

구속은 100, 110, 120, 130을 순차적으로 돌파했지만 140은 힘들었다. 아무리 동작이 좋아도 내 근육량에서는 135km가 최대인가 보다.

"생각보다 재미있네. 중2병 놀이가 아니었으면 야구를 해도 좋았겠어."

"중2병을 인지했으면 고칠 생각은 없어?"

"고칠 수 없는 병이—야!"

마지막 하나를 목표에 맞추길 포기하고 흩뿌렸더니 140을 넘기는 했다.

그녀의 느린 공을 마지막으로 보며 연습장을 나왔다.

다시 월요일 점심.

"축구 좋아하니? 어제 리버풀—"

"야구가 좋아요."

아쉽게 볼이었다.

"어어."

내가 뒤돌아 있자 크게 부를 필요가 없다고 생각했는지 전보다 작은 소리다.

"너도 안 질리나 보네."

"우리 학교에서 소문이 자자하던데?"

"이 세상 최고 왕따로?"

"이 세상 최고 미인 은발 야구녀로."

수식어가 참 많다.

"너희 학교 애들이었구나."

"어떻게 접점이 있었던 거야?"

"소꿉친구가 오랜만에 놀자고 해서 간 곳에 야구연습장이었어."

"아~ 어제 야구부 연습이 있긴 했지."

연습 날짜를 안다면….

"너도 야구부?"

"이거, 들켜버렸네."

"숨길 이유도 없잖아."

"성적이 좋은 야구부는 아니라서 말이야."

"새롭게 들어간 팀에 대고 할 소리?"

"인원이 부족해서 1학년이 주전의 대부분이거든."

뭐… 나는 운동부에 대해서 잘 모르니까.

"주전의 자리를 뺏고 뺏기는 일은 없겠네."

"마음 편하기도 한데 경쟁심도 적어진다는 문제도 있어."

"야구선수가 꿈이야?"

뜬금없이 궁금해졌다.

"응, 꼭 유명한 투수가 돼서 이름을 날리고 싶어."

꿈을 말하는 그의 눈동자는 하늘에 떠 있는 태양보다도 반짝였다.

"좋은 꿈이네."

"너는 커서 뭐가 될 거야? …이미 다 컸나? 장래희망."

"없어."

취업한 지 3년 차다. 애송이 녀석.

"어렸을 때의 꿈도?"

그건 있었다. 대통령.

"없어."

"나랑 같이 야구선수 하자."

"생각해 볼게."

"역시 안… 진짜? 진짜지?"

"생각만 해 보는 거야."

짭짤한 직장을 버릴 이유도 없고 사표를 받아줄지도 모르겠다. 우리 학교에는 야구부도 없어서 선수가 되는 건 졸업하고 나서도 얼마나 걸릴지 모르지만.

"아, 맞다 원래 꿈 이야기가 아니라 다른 걸 물어보려 했는데."

하나

"뭘?"

"150킬로의 공을 치는 건 어떤 느낌이야?"

"별 감흥 없어."

"에이 설마~."

"관중도 없고 기계가 던지는 거에는 관심 없어."

"무대체질?"

"그럴 수도 있고."

"무대는 못 구해도 다음에는 내가 던져 줄게. 그럼 이만, 안녕!"

그는 늦지 않게 자신의 학교로 돌아갔다.


"이번 일은 아직이니?"

돌아온 집에는 아빠가 세컨폰을 들고 현관 앞에서 기다리고 계셨다.

"급한 거야?"

"지금 하는 거 말고, 다른 게 끼어들었어."

"새치기는 처음이네."

"네가 핸드폰을 안 가져간 덕에 헬기가 날개를 돌리면서 기다리다가 시동마저 껐다고 하잖냐."

"헬기?"

"장비 챙겨서 가라."

"나만? 어디로? 지도는?"

"헬기의 위치도 핸드폰에 있으니까 이거 빼먹지 말고. 엄마한테는 친구 집에서 자고 온다고 해 둘게."

시끄러운 헬기를 부를 정도면 몸을 숨기는 타이츠는 필요 없겠지.

지령은 마약 운반책이 배를 통해 일본으로 향하고 있는 것을 막으라는 내용이었다.

[생포 불가 시 사살.]

하… 마약을 왜 놓쳐서는. 산 채로 잡아야 해? 몰랐다고 하고 죽이면 안되나?

스마트 리볼버는 허리춤에 차고 VSSM은 분해해서 가방에 담았다. 복장은 입고 버릴 가장 마음에 안 드는 옷을 옷장에서 꺼내 입었다. 마음에 안드는 상의와 바지를 입으니 기괴한 패션이 됐다.

헬기를 타고 2시간을 날아가니 목표 여객선이 보였다. 내가 세컨폰을 챙기지 않아 늦어진 탓에 표시된 위치에서 벗어나 있었다.

"조종사 언니, 저기 민간인도 타고 있는 거죠?"

"어. 잠깐만."

무전이 들렸다. 자위대의 것이었다.

"영해에 침입하지 말래요?"

"호위함 한 척을 보내 돕겠다는데? 준비되면 신호하겠대."

얼마 안 돼서 회색의 호위함이 여객선에 다가가더니 갑판에서 신호탄을 쏘아 올렸다.

조용히 처리하려고 나를 보냈을 텐데… 격한 호응을 해주네.

민간인 때문에 저격은 포기하고 낙하산과 천 주머니로 감싼 VSSM을 메고 뛰어내렸다. 자동사격이 되는 점이 마음에 든다.

"끼야앗호!"

"헤드셋―"

아, 헤드셋을 안 빼고 내렸네… 괜찮겠지.

머리에서 벗겨진 헤드셋은 나와 같이 하늘을 날고 있었다. 낙하산을 펼치자, 이내 바닷속으로 사라졌다.

[젊은 남성. 심한 M자 탈모가 특징이지만 가발을 쓸 가능성 있음.]

이러면 옷도 바뀌었겠네. 얼굴로 찾지 뭐.

군함의 등장에 당황한 민간인들 덕에 찾기가 훨씬 어려워졌다. 선내에 울리는 안내 따위는 그들의 안중에 없었다.

3층짜리 여객선을 언제…. 저 사람인가?

얼핏 얼굴이 보인 사람은 사진과 비슷했다. 시야에 들어왔다가 사라지길 반복하며 관계자 외 출입금지가 쓰여있는 곳까지 왔다.

그는 출입금지라고 쓰인 문을 자연스럽게 열고 들어갔다. 문 뒤에 숨어서 반격을 노릴 수 있기에 조심히 열어젖힌 후 바로 시야에 들어온 그에게 총구를 겨누었다.

"움직이지 마!"

"?!?!"

용의자는 당황한 얼굴로 내 손에 들린 총을 보자 두 손을 머리 위로 들었다. 가발로 보이는 머리채를 잡아 뜯었다.

"가발이구나, 잡았다!"

못 잡았다. 이 녀석 M자가 아니라 원형이었다. 아, 아앗….

쳇.

돌아오니 선실과 갑판에 있는 승객들은 그나마 진정된 상태였다.

여행하다가 군함을 만나거나 하늘에서 낙하산이 떨어질 수도 있는 거지 참.

숨어있을 만한 곳을 찾던 그때 멀리서 보트 하나가 오더니 보트의 사람들이 빠르게 여객선에 올랐다.

구조대? 경찰?

탕하는 총소리가 하늘을 메웠다. 모든 이들이 자리에 엎드렸고 나는 그들이 보이는 선실에 숨어들었다.

자위대의 함정에서 일본어로 된 방송이 흘러나왔다. 그에 맞서기라도 하듯 이쪽의 배에서도 일본어가 흘러나왔다.

야쿠자… 그래서 호응이 있었구나.

15명 정도 되는 야쿠자에게 인질이 잡혀 있어서 자위대 쪽도 선뜻 나서지 못하고 있다. 일본어를 알았다면 뾰족한 수가 있을 거 같은데 당연히 못 알아듣기에 야쿠자의 움직임을 기다리고 또 기다렸다.

나를 내려준 헬기가 어느 쪽에도 착륙하지 못하고 결국 돌아갈 때 젊은 남성이 선실의 창문을 넘어서 야쿠자 무리로 향했다. 손에는 종이봉투가 들려 있었는데 내용물은 안 봐도 마약일 게 뻔하다.

재만 쐈다가는 호위함으로 도망치기 전에 벌집이겠고… 야쿠자를 죽여도 되나?

범죄조직이라도 조심스러운 양국이기에 세컨폰으로 아빠에게 전화 걸었다.

"어~ 딸, 잘 돼가?"

"(야쿠자가 왔는데 어떡해?)"

"한패면 어찌 되든 상관없다고 방금 연락 왔다. 네 핸드폰으로는 안 갔니?"

"(아, 딱 전화 걸었을 때 왔네. 알았어, 끊어.)"

타이밍하고는 정확하네.

먼저 창문의 재질을 확인했다. 너무 두꺼우면 첫발이 빗나갈 수도 있고 창문을 열었다가는 쏘기도 전에 들킬 것이었다.

애매하다. 퇴로도 선실의 문이 야쿠자가 있는 갑판과 복도가 일자로 이어져 있다.

일단 밖으로 나가서 아까 선실의 창문과 같은 면의 열려있는 문을 찾아 냈다.

이 정도면… 도망칠 때는 모퉁이를 이용하고….

거리는 100m가 안 됐기 때문에 스코프의 영점을 조절했다.

방아쇠에 손가락을 대고 있는 저놈을 첫 번째, 다음은 그 옆에 권총, 나 머지는 손 가는 대로 하면 되겠다.

한 탄창의 10발이 10명의 적 머리에 각각 꽂혔다. 나머지 네 명의 얼굴에 는 두려움이 보였다.

철컥…? 장전한 거 나 아닌데?

"お前はもうし―!"

허리춤에 찬 권총을 뽑아 들지 않은 채로 적의 하체 어딘가를 쏜 다음 자리를 피했다. 방송하던 놈을 잊었었다.

10+4+1 약쟁이 어디 갔어?!

약쟁이도 잊어버렸다.

앞의 모퉁이에서 기다리다가 발소리를 듣고―타다당 하는 소리와 함께 총알 세 발이 머리 위를 스쳤다.

반자동 권총만 세 정. 한 명은 무기가 없나?

슬라이딩으로 간신히 모퉁이에서 낮은 자세를 취해 아래에서의 지원사 격은 피할 수 있었다.

장전, 장전… 이럴 줄 알았으면, 하나, 아니 두 개 더 챙기는 건데.

마지막 10발들이 탄창이다.

하나… 둘… 셋!

다리를 끌며 다가오는 녀석을 세 발 만에 쓰러뜨렸다. 권총도 맞아 놓고 맷집이 대단하다. 그때 네 명의 발소리가 들려오고 나는 도망쳤던 쪽으로 다시 돌아갔다. 야쿠자들이 타고 온 보트에는 이미 약쟁이가 올라 있었다.

보트 천장에 가려지는데.

먼저 처치하려 했지만, 내 처지도 곤란했기에 저격총을 바닥에 버려두고 캐비닛에 숨었다. 캐비닛에서 쏘기에는 너무 길어서 대신 리볼버를 손에 쥐었다.

제발 한 발에 한 놈씩 가라.

총구를 닫힌 케비닛의 문에 대고 그들을 기다렸다. 주변을 살필 생각은 않고 버린 무기를 둘러보는 게 역시다.

다섯 번의 격발음이 선내에 울렸다. 마지막 한 발은 꿈틀거리는 놈이 있어서였다.

으아아아, 귀아파! 다른 거 들고 올걸!

헬기의 헤드셋을 버리지 말고 챙겨왔어야 한다고 생각할 때 보트가 출발하는 소리가 들렸다. 나가보니 약쟁이 혼자 내빼고 있었다.

보트는 어떻게 망가뜨리지? 그냥 죽여?

스코프를 눈에 가까이 대었다. 빠른 속도로 멀어지는 보트는 곧 사정거리를 벗어날 것이다.

에잇! 모르겠다!

7발을 보트에 갈겼다. 사람이 맞으면 맞는 거고 보트가 고장 나면 좋은 거지.

뚜루루루루.

"아빠?"

"끝났어?"

"보트 타고 도망쳤는데 우리나라 영해로 가고 있어."

"놓쳤다는 거지?"

"으응."

"알겠다."

전화를 끊고 본 시계의 시침은 8시와 9시 사이를 가리키고 있었다. 생각보다 빨리 끝났지만 늦은 시간이었다. 방송에 늦었다. 세컨폰을 집어넣고 내 핸드폰으로 트위치를 켰다.

날 데리러 올 무언가를 기다리며 방송을 보는데 아빠에게서 다시 전화가 왔다.

"여보세요?"

"집에 바로 들어오지 말고 내일 아침에 엄마 나가고 와라."

"왜?"

"오래 걸릴 줄 알고 자고 온다고 해 버렸잖니."

"마음이 바뀌었을 수도 있는 거지."

"너 저번에도 그렇게 했었는데 또 그러면 소꿉친구마저 불편한 줄 알걸?"

"돈 안 들고 나왔는데?"

"조종사 아저씨한테 받아."

"아깐 언니였는데."

"걔 퇴근했어."

아아, 칼퇴근. 나는 바다에서 이러고 있는데.

배가 출발하고 얼마 안 돼서 따라온 헬기에 올라탔다. 하늘에서 바다를 보니 해경에 잡혀가는 보트 하나가 있었다.

결국 잡힐 거면서. 나한테 잡히지… 헛걸음만 했잖아.

내 손에 쥐어진 10만 원으로 뭘 할까 고민해 봤지만 떠오르는 건 없어서 집 근처 모텔에 갔다. 확실히 도심이 인터넷 상태가 훨씬 좋다.

방송을 보다가 잠들었는데 마지막으로 시계를 본 건 12시였고 그 이후로는 모르겠다. 언제 잠들었는지.

다음 날, 알람이 나를 깨웠다. 평소보다 일찍 맞춰 놨어야 했는데 그러지 않아서 집에 들르는데 시간이 촉박했다.

"아침밥."

"안 먹어!"

교복의 넥타이마저 대충 걸치고 집을 나섰다. 단추를 잠글 시간은 있어서 다행이다.

매점에 오기 전에 돈을 챙기려 지갑을 열었는데 학생증이 사라졌었다. 덕분에 매점까지 멍하니 빠져나왔다.

언제나 같은 메뉴에 다른 샌드위치 하나가 더 얹어졌다.

"아침을 안 먹었니?"

"네, 뭐…."

"아침은 꼭 먹어야 해."

어디서 잃어버렸지? 교무실 가서 새로 만든다고 해야 하나… 학생증 쓸 일도 없던데 그냥 놔둘까.

"민…솔."

이번엔 그가 이름을 불렀다.

"웬일로?"

"다음부턴 그냥 똑같이 부를 게. …어색하네."

"어느 쪽이든 상관없어."

"어제 헬리콥터 날아가는 거 봤어? 되게 낮게 날던데, 멋지게 생겼더라."

"네가 초딩이냐. 헬기에 좋아하게."

"급하게 가는 거 같더라고. 어떤 높은 사람이 타고 있었을까~ 싶어서."

높은 사람이 나라고는 말 못 한다. 낮게 난 것도 고도를 올리는 시간마저 아끼기 위해서였다.

"궁금한 것도 많구나."

"네가 왜 두 개의 샌드위치를 먹고 있는 지도 궁금해."

"아침을 안 먹었어. 그뿐이야."

"늦잠 잤구나."

"그런 셈이지."

"있잖아, 어…."

"왜 그렇게 뜸 들여?"

"음… 이따 학교 끝나고 우리 학교로 올래?"

"할 일이 있어."

보안이 강한 CCTV 때문에 동선을 새로 짜든지 더 시도를 해봐야 한다. 원래는 어제 끝날 일이었다. 하루 정도는 미루어도 상관없겠지만 준비단계부터 일을 질질 끌고 싶지는 않다.

"아직은 억지…였겠지?"

뭐가? 친밀도? …그런 표정을 지으면 왠지 미안해지는데.

"내일은 일찍 끝나니까 시간이 있어."

"정말?"

"근데 학교에서 뭐 하려고? 운동장이라면 우리 학교도 있잖아."

"어제 내가 공 던져 준다 했었던 거, 고문 선생님이 잠깐이면 물품을 빼서 써도 된다고 했거든."

"관리를 철저하게 하나 보네."

"야구부의 위상이 낮아서, 얕보고 마구 쓰는 애들이 있어서 그래."

샌드위치가 두 개였기에 절망적인 야구부의 위상을 듣고서도 한참 후에나 교실로 돌아갈 수 있었다.

그가 말하길 내가 먹는 게 느리다고 했는데, 느린 편인가? 지은이도 비슷한 거 같던데.

교실에 들어서자 시끄럽게 떠들던 소리가 일제히 멎었다. 그리고서 다시 수군거리기 시작했다.

눈치 하나는 잘 보는 애들이란 말이야.

애들이 또 무슨 이야깃거리로 씹고 있었는지 궁금해하면서 다음 날이 다가왔다.

"피곤해 보이네?"

"네, 뭐…."

해킹은 성공했지만 밤을 꼬박 새운 탓에 초코우유 대신 커피우유를 샀다.

카페인 60mg.

어젯밤부터 때려 넣은 건 카페인밖에 없었지만 또 마시지 않으면 점심시간에 벤치에서 쓰러질 듯한 기분이었다.

"솔아."

"어색하다며."

"연습 좀 했지."

"이름 부르는 걸 가지고…."

"근데 어제 일 있다더니 진짜 일하고 왔어?"

"거짓말은 안 해."

"무슨 일인지는 안 알려 줄 거야?"

"응."

"궁금하다."

그는 앞으로 기대는 건 질렸는지 자세를 바꾸어서 울타리에 뒤로 기대었다.

하나

"이 세상엔 알 필요 없는 것들도 많아."

"알면 다친다는 뜻?"

"거기엔 노코멘트 할게."

"지구를 구하는 영웅이라든가 어두운 세계에서 활동하는 살인 청부 업자라든가?"

예리해.

"극과 극이잖아."

"최근에 본 영화 두 개가 생각나서."

"으음~ 흥미롭네~."

흥미로운 쪽은 학생부장 선생님이다. 낮은 자세로 살금살금 걸어서 이내 그의 뒤로 근접했다.

"왁!"

"와아아악! 아아아!"

울타리 너머로 그의 옷자락이 잡혔다.

"대화를 할 땐 마주 보고 해야지."

"…끝 …인가요?"

"넘어오지만 말아라."

그 뒤에 귓속말로 무언가를 덧붙이셨지만, 나에게까지 닿지는 않았다. 그는 하하하 웃어넘길 따름이었다.

"학교를 탈주한 것에 대해서 인정받으신 소감 한 말씀 묻겠습니다."

"네, 아직 우리 학교에서는 인정받지 못해서 쓸쓸할 따름입니다."

교실로 돌아와서 습관적으로 할 일이 있는 척하며 책상 서랍에 손을 넣었더니 종이 쪼가리가 잡혔다.

쪽지? 아니면 그냥 쓰레기?

쪽지처럼 접혀있었지만, 그냥 쓰레기도 나쁘지 않은 의심이다.

[나도 한번 대 주라]

선을 넘네? '나도'는 뭐야?

발신인이 적혀있지 않아서 누구인지 알 수도 없고 선생님에게 말해 봤자 그들도 못 잡을 것이다. 전교생의 필체를 확인하기엔 일이 작다. 나는 충분히 화가 나지만 말이다.

칠판에 쪽지의 내용을 옮겨 썼다. 일단 반에 있는 애들부터 확인하자는 생각이었다. 다들 관심 없는 척하겠지만 저 병신이 무슨 병신같은 짓을 할지는 보지 않으면 모르는 거니 신경은 쏠려있을 게 뻔하다.

쾅쾅 소리가 나게 칠판을 두드리며 말했다.

"이거 써서 서랍에 넣어둔 사람? 나와."

남자무리 가운데 하나가 일어났다. 일부러 크게 말하지 않아도 반응이 올 줄 알았다.

"그거 나야."

주변의 남자애들도 키득키득 웃고 여자애들마저 혐오하기는커녕 재미있다면서 동조했다.

"네 필체가 아니야."

"왼―"

"왼손도 아니야. 다음, 없어?"

쟤의 학습지는 바닥에 굴러다니는 것이 몇 주 만에 일상이 됐기에 알 수 있다.

"내 글씨체를 네가 어떻게 알아?!"

가오잡는 척하며 친구들을 웃기려 하는 말투였다.

"학습지나 잘 줍고 다녀."

마침 옆에 떨어져 있던 종이가 그의 것이었다. '한 방 먹었네', '지냐? 지냐?' 같은 말이 무리에서 오갔다.

"졌다. 씨~팔!"

"ㅋㅋ 찐따새끼 그걸 발리네."

"맞짱으론 안 발린다."

"이 새끼 이래놓고 맞짱까지 발리는 거 아님? ㅋㅋ"

점심시간이어도 그렇지… 화통을 삶아 먹은 목소리들이다.

"여기냐? 찐따년이 날뛴다는 반이?"

밖에서 구경하던 애가 차례를 기다렸는지 난입을 시도했다.

"그건 관리 못 하는 니새끼 반이겠지~ 꺼져라."

"뭐래 호로새끼가~."

이 둘은 앙숙인지 친해서 이러는지 알 수가 없다.

난입한 애는 서로 안부 전하기를 끝냈는지 타깃을 나로 바꾸었다.

"야, 너냐? 이 오…빠가 미안하다… 요새 여자 무서우니까 안 깝칠게."

사회 풍자를 빌미로 빠지려는 이유는 아마 내 팔을 잡아보고서 안 된다는 걸 깨달은 이유에서겠다.

"쫄았네 새~끼."

"너는 안 쫄려?"

입만 살아서 오프로드를 달리는 그들이 마음에 들지 않았다.

"여자는 안 때린다~."

그러면서 느끼한 표정을 지어댔다. '오~ 스윗남~'같은 추임새가 들려왔다.

"그럼 나만 때려도 돼? 요새 하는 일이 잘 안 풀려서 스트레스가 이만저만이 아니거든."

"일? 아~ 그거."

여자애들은 어머어머거렸고 같은 무리의 애들은 똥 밟았다는 표정이었다. 자기들 딴에도 달갑지 않은 소리를 할 예정인가 보다.

"그거라니?"

"이렇—"

"야야 하지 마."

"미친놈아 진짜 하려고 하냐."

그는 저질스럽게 허리를 흔들어댔다.

어디서 그런 소문이 퍼졌는지 알고 싶었지만 나에게 알려줄 친구는 하나도 없었다.


학교가 끝나고 후문으로 향했다. 그는 숨을 몰아쉬며 후문의 고정된 문쪽에 서 있었다.

"옆에 멀쩡히 열린 곳 말고 왜 여기 있어?"

후문을 언제나의 울타리 삼아 기척을 알렸다.

"하악… 딱… 맞춰—헉 왔네—헥. 휴우우."

다른 학교의 남학생이 여학생을 찾아오는 장면은 흔치 않은지 하교하는 이들 대부분의 시선을 끌 수 있었다.

"내가 너희 학교로 가면 될 텐데."

"괜찮은 거야?"

"뭐가?"

모르는 척이랑 거짓말은 엄연히 다르다 할 수 있다.

"그… 소문."

"그런 것 때문에 가지 않을까 싶어서 친히 데리러 왔구나."

"너를 너무… 못 믿었나?"

"친하다고 해야 할지도 모르는 사이인데 믿고 말고가 어디 있어."

"아직 안 친한 거야?"

"너 하는 거에 따라서."

"노력할게."

그가 자신의 학교에서 우리 학교까지 오는 길을 소개하며 갔다. 배려가 없는 건지 나에게 맞춤 루트인지 알 수 없는, 담장을 3개나 넘어가는 지름길이었다.

"하악… 하악…."

"얼마나 됐다고 벌써 숨이 차?"

"네가 너무… 쌩쌩 한 거야."

학교마저 정문이 아닌 담장을 넘어서 들어왔다.

"그게 말이지…."

운동장으로 향하며 그가 뜸을 들였다. 남자치고 참 배짱 없는 녀석이다.

"응?"

"체육복 있어?"

"하긴 갈아입는 게 어느 쪽이든 편하겠네."

가방에서 체육복을 꺼내 바지부터 입었다.

"저기, 그런 거 신경 안 쓰는 타입이야?"

"속옷이 보이는 것도 아닌데 어때."

바지는 길었지만, 상의는 더워서 반팔을 입었기에 '해가 지면 추울까'라는 고민을 했다가 그냥 갈아입기로 했다.

"팔씨름하면 내가 지려나?"

"뜬금없이?"

후아~ 셔츠보단 반팔이 시원하고 편하다.

"그걸 보면 뜬금없지 않은 거 같은데…."

"팔? 일하려면 이 정도는 기본이야."

"역시 소문은 소문일 뿐이구나."

"여기도 소문이 퍼졌을 줄은 몰랐는데."

소문이야 뭐… 학교 앞에 살면서 밤에 집이 아니라 모텔에 들어간 걸 누군가 이상하게 봤을 거라고 생각한다.

"중학교 친구들과 학교는 달라도 연락은 할 테니까. 더구나 그런 종류의 소문이라면 다들 물고 늘어져서 쉽게 퍼지겠지."

운동장에는 한 무리의 애들과 어른 한 명이 있었다. 남고다시피 전부 남자애들이다.

하나, 둘, 셋… 열셋, 열넷.

그까지 열다섯의 야구부였다.

"여친인 거냐~!"

"친구라면서 여자친구였구나~!"

멀리서 부러움의 소리가 들려왔다.

"미안한데… 우리 청백전 좀 도와주라."

"도와주는 건 괜찮지만… 아 맞는다."

뚜루루루루.

"여보세요? 아빠."

"오늘 늦어?"

"야구 하다 들어갈게."

"야구? 네가? 어떻게?"

"근처에 ○○남고에서 하다가 갈 거니까 걱정 마."

"걱정은 상대가 해야 하는 거고… 다른 학교 애들이구나."

"응."

"뭐, 됐다. 재미있게 놀다 와라."

"응, 끊어."

"아버지?"

"재택근무하셔."

"'괜찮지만'의 다음은?"

"규칙을 몰라."

"아."

10분의 시간을 가지고 설명을 들었다. 스트라이크와 볼, 공을 잘 골라서 치라는 것과 변화구의 존재, 1루 2루 3루를 거쳐서 홈에 들어가면 한 명당 1점, 일정 거리를 넘어가면 홈런으로 모든 주자가 들어온다 정도였다. 아웃은 심판이 알려주는 걸 잘 들으라고 했다.

"어때?"

알겠다는 뜻으로 끄덕거린 다음에 말을 이었다.

"나는 어디 팀이야?"

"내가 너에게 공을 던지려면 상대 팀이어야지."

"좋아."

체육 선생님이 고문과 감독을 겸하는지 호칭이 감독이 아니었다.

"둘을 다른 팀으로? 알겠어. 먼저 청팀…"

그가 청팀이고 내가 백팀이 됐다. 9명이 필요한데 한 팀에 8명밖에 없어서 중견수를 뺀다는 말도 함께였다.

"너는 어느 역할이 좋니?"

등 번호 2번을 가진 사람이 물어왔다.

"음… 일단 뒤에서 경기를 지켜보고 싶어."

순간 뒤에 있는 애들의 표정에 변화가 생겼다.

"아, 혹시 선…배?"

"아냐 아냐, 나는 반말이 편해 쟤들이 이상한 거야. 그렇게 형이라고만 하라 해도 안 들어 준다니까."

"선배 그 말 진짜였나요?"

"상급생이 많은 것도 아닌데, 적어도 나는 필요 없어."

"에~이 설마요."

"그럼 좌익수로 해 둘게."

2번의 그는 설마 거리는 1학년들을 무시하고 말했다.

"왼쪽?"

"응, 저기부터 저기까지가 네 영역이야. 넓어 보여도 내야만큼 많은 타구가 떨어지진 않으니까 지켜보려면 최고의 관중석이지. 글러브는 써 봤어?"

"아빠랑 캐치볼을 한 적이 있어."

"그리고 나머지는… 그대로 하면 되겠다. 원래 중견수였던 네가 유격수를 맡아줘."

"네."

학교에서 하는 팀 가르기, 역할 가르기보다 훨씬 빠르게 끝났다. 사실 이런 시합을 제대로 즐기는 것은 이번이 처음이 아닐까 싶었다.

'야구부 애들은 내 소문을 모르는 건가?'라고 생각한 순간 한구석에서 키득거리는 소리가 들렸다. 아, 내가 아니었다. 현석이를 놀리고 있었다.

이거 피해망상에 걸렸나….

우리 팀이 수비로 시작했다. 저 멀리서 자기들끼리 치고 던지고 잡았다.

그러니까… 원아웃? 그리고… 주자 1, 2루네.

1번 타자였던 현석이는 달리다가 아웃 되고 나에게 손을 흔들며 벤치로 돌아간 지 오래다.

4번째 타자… 키가 크네. 그리고 얼굴이 삭았어. 3학년인가 보다.

그가 쳐 낸 타구는 내 앞으로 날아온다.

"좌익수!"

포수로부터의 외침이 들려온다.

2루의 주자가 3루를 밟고 홈으로 향하려 하고 있다.

내 왼손에는 붉은 실밥의 하얀 공이 세 손가락으로 쥐어져 있다.

'…홈?'

공까지 내달리던 것을 도움닫기로 이용해 투수의 투구 동작 중 일부를 제외해 내고 덩치 큰 포수에게 공을 던졌다. 중견수가 한 번에 날아갈 것을 몰랐는지 내밀었던 글러브를 재빠르게 거두는 것이 보였다.

조그맣게 보이는 포수의 글러브에 공이 꽂히는 순간 운동장에는 정적이 맴돌았다. 주자는 멍하니 있는 포수를 넘어서서 가뿐히 1점을 따냈다.

"포, 포수! 뭐 해?!"

2번이 주자 다음으로 정적에서 깨어났다.

"네? 네! 죄송합니다!"

저 멍청이. 왜 가만히 있던 거야.

1회는 1점을 내 준 것만으로 끝났다.

"야, 미안하다. 잡을 수 있는 건데… 미트에 꽂혀서 놀랐잖아."

"미트?"

"이 포수 글러브 말이야."

"실전에서는 잘 하면 되지."

"실전에서도 그런 일은 안 일어난다."

2번의 선배가 내 왼쪽 어깨에 손을 올리며 말을 이었다.

"근육? 뭐야 너. 옷 밖으로는 안 보이길래 그냥 운동 조금 하는 여자애인 줄 알았는데. 헬스—"

"형, 근육 조지는 거 자랑하고 다니지 말라고."

"그래! 그렇게 반말을 해 달란 말이야!"

"우·우…."

패기 있게 반말을 한 남자애는 왠지 패배한 표정이었다.

"근데 그런 일은 안 일어난다니?"

"우리 팀에서 그런 송구를 할 수 있는 외야수가 없어. 소녀어깨… 소녀어깨는 강하구나, 다들 소년어깨라서 말이지."

"잡담은 그만하고 1번 타자 어디 갔나?"

"네네~ 내보낼게요."

1번은 달려나갔고 2번은 아웃 3번은 아슬아슬하게 세이프였다. 그리고 4번 타자의 차례가 왔다.

"다음 5번은 너니까 준비해 둬. 타격이 장기랬지?"

"응."

방망이를 휘두르며 몸을 풀고 있으니 1번 타자가 홈으로 귀환해서 1점을 내었다. 3루에 주자가 있고 투아웃이다.

나는 포수 오른쪽의 타석에 섰다. 상대 투수는 현석이었다.

잠깐, 쟤 눈빛 바뀐 거 같은데?

투수의 다리가 들리고 몸통이 앞으로 나오며 팔이 휘둘러졌다. 공은 확실히 느리다.

이거 미안한…? 안 미안하네.

"스트라이크!"

"방금 그게 변화구?"

"맞아."

포수가 친절하게 답해줬다.

변화구와 직구를 섞어서… 타자를… 혼란….

"공을 먼저 관찰해!"

적 투수가 훈수해줬다. 청팀은 전부 친절한 걸까.

약속한 듯 다음 공도 변화구였다. 내가 휘두르지 않은 덕에 볼이 카운트 됐다.

홈플레이트 조금 앞에서 낙차.

이제 다음이 직구일지 변화구일지 생각하는 것만 남았다.

1/2을 어떻게 맞춰?!

내 반응속도를 믿어 봤다.

직구… 직구… 직구… 직구?

떨어지지 않았기에 쳐 냈다. 공은 경기장의 가운데로 날아가 땅에 떨어졌다.

"1루까지! 아니, 2루!"

1루의 주루코치가 된 1번 타자가 주루를 도왔다.

3루 주자는 홈을 밟았고 나는 수비의 실수로 가볍게 세이프 했다.

이후로도 별다른 이변 없이 공수가 빠르게 뒤바뀌며 엎치락뒤치락하다가 1점 차이로 백팀이 이겼다.

"휴우… 이해가 빠르네. 일요일에 연습장에서 한 게 처음 맞아?"

현석이가 땀으로 젖은 머리를 쓸어올리며 말했다.

"머리가 좋으니까."

"스스로 그런 말 하는 거냐…."

"근데 여기도 소문이 퍼졌다면서, 나를 안 좋게 여기는 사람은 안 보이네."

"건너 건너 들려오는 소문의 오해는 금세 풀 수 있어. 적어도 팀은 서로를 믿을 테니까."

"절망적이라더니 마음이 바뀌었어?"

"이기는 것도 팀에 애착을 가질 수 있게 하는 방법이지만 꼭 결과가 아니어도 좋은 팀은 좋은 거야."

"멋진 말의 마지막이 이상해졌다?"

"그런 느낌이다~ 정도만 알아줘."

노을이 지는 운동장을 뒤로하고 집으로 갔다.


도착하자마자 가방만 둔 채로 빠져나오려 했으나 실패했다.

"얘, 어디 가니?"

"어? 아니야, 신발에 흙 좀 털어내느라."

엄마가 이미 와 있어서 적당한 변명을 고르려 했지만 쓸 만한 게 없었다.

CCTV를 찾아야 하는데….

## ✧둘

　야구를 핑계로 CCTV를 찾아다니기도 하고 지은이를 불러내서 노는 척
하며 마지막 답사도 마쳤다. 그렇게 토요일이 왔다.

　누워서~ 자는~ 밤에~ 잠재워~ 줘야지~.

　엄마가 자는 틈을 타서 2층인 내 방의 창문으로 나왔다. 최대한 외진 곳
으로 걸어서 목표물의 앞 동 옥상에 올랐다.

　불은 꺼져있고… 사람 둘 확인… 옆 방은 켜져 있네?

　자식으로 추정되는 이의 방은 아직 밝았고 창문에 비친 그림자가 이리저
리 움직이고 있었다.

　미안하지만 일은 일이니까.

　스코프를 돌려서 반대편, 목표물의 방을 비추려 움직이는데 거실에서 익
숙한 것이 눈에 들어왔다.

　○○남고 교복?

　세상이 좁은 죄라면서 돌리려는 스코프를 자식으로 추정되는 이가 다시
한번 막아섰다. 부모의 방으로 향하고 있었기 때문이다.

눈앞에서 죽인다… 이건 너무한데.

다행히 그는 빠르게 자신의 방으로 돌아갔다. 이제 어슴푸레하게 비치는 두 목표를 저격하기만 하면 된다.

지옥에서 보자. 원망은 받아줄게.

일전에 답사할 때 본 침대의 머리 쪽에 빠르게 5발을 쏘았다. 창문은 두 개 중 하나만 깨졌다.

흐르는 피를 보고서 목표를 확인하는데 보이지 않았다.

거실?

두 목표 중 남자만이 다리에 총상을 입은 채로 여자의 부축을 받고 있었다.

아니, 거꾸로 자는 건 어떤 경우야?!

또 놓칠 생각은 없다. 보수가 날아가는 건 각오하고 방아쇠에 손가락을 올렸다. 두 발의 총알이 각각의 머리를 향해 날아갔다.

날아간 줄 알았다. 나는 망설이고 말았다. 스코프에는 둘의 머리가 비추었지만 검지는 두 번의 기회 모두 그대로였다.

바보 같기는.

탄피를 줍고 콩알탄을 터뜨려둔 다음 저격총을 등에 멘 채로 목표물의 보금자리로 달렸다. 자아가 생긴 검지는 무시하고 나머지 손가락으로 칼을 쥐어서 마무리할 것이다. CCTV를 차단했어도 주민들이 카메라를 꺼내 들 수도 있으니 조심, 또 조심이었다.

라텍스 장갑을 낀 채로 똑똑똑 문을 두드렸다. 현관문 외시경과 인터폰의 카메라에 보이지 않는 각도에 자리를 잡았다. 역시나 안에선 아무 말도 들려오지 않았다.

금요일의 마지막 확인에서 준비해 둔 경비원의 음성을 틀었다. 아래층에서 층간소음 때문에 연락이 왔다는 말을 전했다.

문이 말만 통하게 빼꼼 열리더니 현석이가 떨리는 목소리로 말했다.

"여, 여기는 아무 일도 없었는데요?"

당황했음을 예상했기에 안전장치를 걸어두지 않은 걸 확인하고 문을 열어젖혔다. 그리고 순식간에 현석이를 제압해서 목에 칼을 대고 원래 애용하던 기계 목소리를 틀었다.

"소리 지르면 바로 긋는다. 허튼수작 부릴 생각하지 마."

위압감 따윈 하나도 없는 목소리지만 그의 목에 가까워진 칼은 텅 빈 위압감을 채우기엔 충분했다.

"현석아, 가만히 있어."

"우…리가 미안…하다."

눈물 나는 가족애다. 딱히 흐르진 않지만.

"다른 녀석의 목숨에는 관심이 없다."

현석이는 인질로 붙잡혀 놓고 생각보다 차분했다. 운동부라서 반항을 주의하고 있었는데 죽음의 공포에 질리고 만 것이 아닐까 싶다.

"거둬가겠다."

"쉽게 죽…어줄 줄 알고?"

저항할 몸 상태가 아닐 텐데?

피를 많이 흘린 목표 남성의 주먹을 쥔 팔은 손쉽게 막았다.

"여, 여보!"

잘 가라.

"기, 기다려, 부탁 하나만…."

"…."

이에 대응할 대사는 준비되어 있지 않다.

"저 아이는 죽이지 말아줘 부탁이야."

그녀가 턱짓으로 가리킨 이는 결국 실신한 상태였다. 그렇다면 답답하게 기계음을 쓸 필요는 없겠다.

"소중한 혈육이네."

내 입에서는 평소의 목소리가 흘러나왔다. 뭐… 피가 튀기는 게 평소인지 학생의 모습이 평소인지는 잘 모르겠다.

"입양했어… 어린아이에게 행복하게 해 준다고 말하며 보육원에서 데려왔어. 그러니까 제발, 제발, 제발… 제발… 아무것도 듣고 보지 못했잖아… 너에 대해서 아는 건 없잖아."

'나'에 대해서 아는 것….

그녀는 죽음을 감지하고 눈을 감았다. 죽음을 받아들인 자에 대한 예의로 작은 상처로 목숨을 끊어주었다.

쉽게 죽으려 하다니, 여러 가지로 무책임해. 그래도 나한테 있어서 편하긴 하지.

세 명의 핸드폰을 찾아내서 전화 기록을 보았다. 신고하거나 어딘가에 연락을 취하지는 않았다.

이런 상황에서 누굴 믿겠어.

현관의 한구석에 몸을 기댄 채로 실신한 그를 아무 일도 없던 것처럼 침대로 옮겨주고 바닥에 튀긴 피 정도는 닦아주었다.

이대로 두면 썩어버릴 텐데… 그래도 치우다가 꼬리를 밟힐 수도 있으니.

전신 타이츠를 입었지만, 혹시나 빠졌을지도 모르는 머리카락을 찾았다. 없는 걸 확인하고는 현장에서 빠져나오려 했다가 다시 돌아왔다.

신고만 해 주자.

목표 남성의 핸드폰으로 경찰에 문자를 남겼다.

일요일이 지나고 월요일이 왔다. 학교에서도 시사를 좋아하시는 선생님이 토요일의 사건을 입에 올리셨다.

"너도 들었니? 토요일에 부부 살인사건?"

"네, 뭐… 무섭네요."

"그렇지? 무섭지? 저 멀리 산속에서나 일어나는 일인 줄 알았는데 이런 건 장소를 안 가리네."

장소를 가리지 않은 건 나였기에 조금 찔렸다.


학교의 작은 숲 벤치의 벚꽃잎을 털어내고 자리에 앉았다. 정신적 충격이든 장례를 치르든 간에 며칠간은 오지 않을 게 확실해서 오랜만에 운동장을 보고 앉았다. 어차피 어느 쪽을 보고 앉든 간에 사람이 없는 건 매한가지다.

"솔아."

환청? 걔는 안 죽어서 원혼으로 나타날 리도 없다.

"민솔."

돌아보니 울타리 너머에 정장 차림의 현석이가 검은 줄이 두 개 있는 완장을 차고 있었다. 장례식까지 빠져나왔나 보다.

"교복이 아니라 정장? 학교는?"

암살된 목표와 관련 있는 사람을 만나는 경우는 처음이라 열심히 모르는 척했다.

"…이틀만 쉬려고."

"그래?"

여기서 꼬치꼬치 물었다가는 내 분수에 맞지 않아서 의심받겠지.

"응…."

그가 잠시 흐른 침묵을 초록 울타리에 팔을 걸치고 기대면서 깨뜨렸다.

"부모님이 돌아가셨거든."

스스로 잘 말해 준다.

"…"

"나도 같이 있었는데… 지켜주지 못했어."

그의 목소리는 금방이라도 울 것 같았지만 눈물이 떨어지지는 않았다.

"미안해, 뭐라고 해 주고 싶은데 이런 일에는 익숙하지 않아서 위로할 말을 찾을 수 없어."

머릿속에서 '상황에 맞는 말을 찾는다'라는 말을 찾아내서 말했다.

"네가 미안할 게 뭐가 있어."

잠깐, 벌써 부검이 끝나고 장례식 이틀째? 수사는 없나?

"두 분이면 사고야?"

"살인…사건이야."

"유감을…."

"신경 써주지 않아도 돼."

샌드위치가 평소보다 퍽퍽한 기분이다. 다크초콜릿 우유를 먹는 맛이다.

기밀을 유출하려는 나쁜 사람을 죽인 것뿐인데 왜? 왜 이런 기분이 들지?

"이만 가볼게. 자리를 오래 비울 수 없어서 말이야."

최근 몇 주 들어 처음으로 그 적은 점심을 남겼다. 샌드위치와 초코우유 둘 다 반 이상이 남았다.


"그거 들었어?"

"뭐야? 뭐야?"

"토요일에 살인, 아니, 암살사건 피해자의 아들이 옆에 남고에 다닌대."

아예 암살이라고 불리는 건가.

"고등학생?"

"응응. 동갑이라는데?"

"헤에? 불쌍하다~."

소문은 저번과 같이 참 빠르다. 다른 점은 이번엔 헛소문이 아니라는 것이다.

짧은 하굣길을 걷는 중에는 지은이에게서도 암살사건에 대한 문자가 왔다. 물론 답장은 귀찮아서 안 할 거다.

"딸, 왔어?"

"응."

"이번에 죽인 목표의 아들이랑 아는 사이라며?"

어제 굳이 말하지 않았는데 그걸 또 알아내셨네.

"별로 안 친해."

"그래도 장례식에 가 봐야 하지 않겠어?"

"내가 죽여놓고 가?"

"싫으면 말고."

방으로 올라가서 초록창에 검색어를 입력했다.

[친구 부모 장례식]

정장… 교복… 조의금…. 교복은 파란색이라 정장을 집어야겠다.

"아빠! 나 작년에 입은 정장 어디에 뒀어?"

계단은 왠지 귀찮아서 방문만 열고 소리치는 게 편하다. 1층짜리 아파트에 사는 게 편할지도 모른다는 생각이 든다.

"지금 가려고?"

"아니, 이따가!"

"그러면 다려서 줄게!"

오늘은 스트리머가 휴방해서 저녁 일과가 비어있다.

연락처가 없으니 근처 장례식장의 홈페이지를 뒤져서 상주에 그의 이름이 적혀있는 곳을 찾아야 한다.

5개? 적네.

현석이의 이름은 네 번째 홈페이지에서 찾을 수 있었다. 사실 서현석이라는 이름보다 고인 칸에 두 명의 이름이 있었기에 단번에 알아봤다.

버스 갈아타서 30분.

집 이곳저곳을 뒤져서 발견한 봉투에 내 이름과 한자 두 글자를 적고 저금통에서 돈을 꺼내려는데 엄마와 함께 택배가 왔다.

"뭐 샀어?"

엄마가 택배를 들여놓으며 아빠에게 물었다.

"어어, 가방. 솔이가 저번에 사달라고 했어."

그런 기억은 없었지만 일단 말을 맞추었다.

"아~ 그렇구나. 이제야 왔네."

자리에서 열어본 상자 속에는 누가 봐도 수상한 007가방이 들어있었다. 손잡이에 달린 택에는 비밀번호가 적혀있었다.

장난감인지 활동용 도구인지….

"그런 가방이 좋니?"

엄마는 007가방이 아니라 내 취향을 의심하는 것 같다.

"멋지잖아."

다시 방으로 올라가서 비밀번호를 입력한 가방의 안은 종이 띠로 묶여있는 5만 원권으로 가득 채워져 있었다.

계좌로 입금하지 왜 현금으로?

가방은 잠시 두고 저금통의 뚜껑을 열었다. 저금통이라는 말이 무색할 만큼… 아니 저금통에 알맞게 동전 몇 개밖에 없었다.

지갑에는 만 원짜리 세 장.

007가방에서 5만 원권 10장을 꺼내서 4장은 뚜껑을 연 저금통에 4장은 지갑에 2장은 조의금 봉투에 넣었다. 때마침 아빠가 다려진 정장을 들고 올라왔다. 바지와 셔츠, 재킷에 날이 서 있었다.

"태워다 줄까?"

"아냐, 괜찮아."

자주 입는 옷이 아니라서 어색하지 않을까 싶었는데 역시 교복이랑 비슷했다.

소매가 조금 짧나? 애매하네.

팔을 위아래로 움직여보며 계단을 내려갔다.

"나갔다 올게."

"곧 밥 먹을 텐데 어디를?"

엄마는 식탁 의자에 앉아서 아빠가 차리는 상을 기다리고 있었다.

"어… 있어, 그런 게."

이 나이에 장례식장을 자의로 간다는 건 왠지 어른 흉내를 내는 것 같아 말하기 부끄럽다.

"언제 산지도 모르겠는 정장도 입고서."

아, 조직 모임에 참여할 때 아빠랑 둘이서만 정장 가게에 갔었다.

"친구 부모님이 사고로 돌아가셨대."

"어머, 혹시 지은이네?"

아빠가 마지막으로 자신의 국을 식탁에 올리고 엄마의 맞은편에 앉았다.

"저번에 야구 하던 애 중에 하나라던데."

"알았어, 어서 가 봐라. 너무 늦지는 말고."

"응~."

구두까지는 없었기에 운동화를 신고 집을 나섰다. 길 찾기 앱을 켜서 버스 시간을 확인해 보니 한 정거장 전이라서 정류장까지 뛰어야 한다.


단말기가 삐빅하며 버스에 무사히 오른 것을 확인시켜줬다.

여덟 정거장 뒤에 내려서… 일곱 정거장.

그의 부모의 장례식은 2층에서 치러지고 있었다. 쭈뼛쭈뼛 계단을 오르고, 쭈뼛쭈뼛 빈소에 들어섰다. 어두운 분위기 사이에 꽃이 감싸고 있는 남녀의 영정사진 옆자리를 지키고 있는 현석이가 보였다.

그곳으로 발걸음을 옮기는데 그가 손짓으로 눈치를 줬다.

옆? 왼쪽?

저금통보다 커다랗고 구멍도 크기에 맞춰서 커다란 나무 상자와 방명록이 보였다. 품속의 봉투를 꺼내서 상자에 넣고 방명록에 석 자…가 아니라 두 자의 이름을 적었다.

다음은 꽃이랑 향이었나?

마치 내 머리카락처럼 하얀 꽃을 두 손으로 들어서 옮겼다. 향은 불을 붙여서 길이가 제각각인 5개의 향이 타고 있는 향로에 하나를 추가했다. 이후에 절을 하려 했으나 팔이 영 불편해서 묵례로 대신했다.

모든 순서를 마쳤기에 돌아가려는데 그가 발소리가 나지 않게 나에게 다가왔다.

"와줘서 고마워. 그래도 조의금까지 할 필요는 없는데…."

"…."

"밥이라도 먹고 가."

좌식 식탁에는 몇의 사람들이 무리를 이루어서 이야기를 나누고 있었다. 내가 주위를 둘러보며 가만히 있자 그가 말을 이었다.

"혹시 저녁 먹고 왔어?"

"(도리도리)"

흰색 머리카락이 볼에 두어 번 부딪혔다.

"그럼 나도 아직이니까 같이 먹자."

"손님 맞아야 하지 않아?"

"둘째 날 저녁이라 거의 다 오셨어. 친구들은 일요일에 왔다 갔고."

밥상 앞에 나와 그가 나란히 앉았다. 굳이 나란히 앉았나 싶었지만 이내 고개를 숙이고 있는 그가 눈에 들어왔다. 그런 모습을 보고 있자니 나도 감정이 옮을 것 같아, 눈을 돌린 상에는 육개장과 편육, 전 등이 올라와 있었다. '진짜 육개장이 나오는구나.' 같은 감상은 접어두고 옆에 있는 휴지를 뽑아서 건넸다.

"내 손수건 같은 건 아니지만."

말없이 휴지를 받아들고서 눈가를 닦았다. 그제야 그는 일회용 수저를 들었다. 이런 모습에 주변의 시선이 있긴 했어도 분위기 때문에 농담을 건네러 오는 사람은 없었다.

반찬까지 그릇을 전부 비우고 나서야 자리에서 일어났다. 많이 먹을 생각은 없었는데 자리를 지키고 있을 만한 변명이 필요했다. 그의 곁을 지켜주고 싶었….

오랜만에 많이 먹었더니 머리가 어떻게 됐나?

앉을 때 풀어 뒀던 재킷의 단추가 잠기지 않았다.

"이제 갈게."

"그래… 배웅은 못 해주겠다."

그렇게 말하면서 장례식장의 현관까지 같이 나와줬다. 뒷걸음을 치듯이 돌아서 한참을 손을 흔들며 주차장을 지나쳐 인도로 나왔—빵빵.

'빵빵?'

이윽고 익숙한 검은색 SUV의 조수석 창문이 내려갔다. 아빠가 데리러 왔다.

"버스 타도 되는데."

"엄마가 어둡다고 꼭 차로 데려오라 하더라."

올라타서 창문에 머리를 기대고 밖의 풍경을 봤다. 형형색색 간판들의 풍경이 흘러가다 멈추기를 반복하며 집에 도착했다.

"거기, 거기, 있어 봐."

엄마가 나를 현관 앞에 세워두고 손에 쥔 무언가를 뿌렸다. 짭짤한 걸 보니 소금이었다.

"그걸 먹어야 알겠니? 당신도."

"나는 안 들어갔어~."

엄마도 미신은 믿지 않는 편인데 이런 거에만 유독 민감하다.

방에 올라가서 창문에 내밀고 탈탈 턴 정장을 옷걸이에 예쁘게 걸어서 옷장에 넣었다. 그 외에는 할 일이 없었기에 침대에 누워서 핸드폰으로 유튜브를 틀었다. 그리고 어느샌가 잠들었는데 오랜만에 악몽을 꾸었다.


피곤한 날에는 저번에 먹어 봤던 커피우유도 나쁘지 않았다.

"학기 초인데 벌써 밤샘 공부하는 거야?"

"네, 뭐…."

악몽의 내용은 기억나지 않는다. 어젯밤에 대해 알고 있는 건 잠을 제대로 설쳤다는 것 하나다.

벤치에 앉아서도 꾸벅꾸벅 졸아서 샌드위치를 겨우 씹어 넘겼다.

오늘은 그의 모습이 보이지 않았다. 장례식의 마지막 날에는 발인이라는 걸 한다는데 그것 때문에 바쁜가 싶다.

졸면서 먹으니 평소보다 한참이 걸려서 다른 애들이 점심을 먹고 슬슬 운동장에 공 따위를 가지고 나오는 모습도 볼 수 있었다.

친구들끼리 뛰어논다라….

얼마 전에 현석이네 학교에서 했던 야구가 생각났다. 학교생활 8년 동안 남은 친구가 소꿉친구 하나랑 점심시간마다 찾아오는 남자애 하나가 전부라는 게 떠올라서 괜히 기분이 이상해졌다. 그래도 어제처럼 샌드위치와 음료가 남는 일은 없었다.

집으로 돌아와서는 멍하니 있다가 다섯 손가락 안에 꼽힐 정도인 지은이에게 먼저 연락하기를 시전했다.

"왜? 무슨 일 있어?"

먼저 연락할 때면 늘 같은 반응이다.

"아니, 그냥."

"중2 때 미국 간 거 자랑한다고 전화한 이후로는 처음이네~."

"뭐…."

"목소리… 기분 안 좋아? 우울하거나 그런 거야?"

왠지 누워있으니까 감기는 눈과 함께 목이 잠기는 느낌이라서 침대에 걸터앉았다.

"그냥 졸린 걸지도…."

"졸린다고 전화까지 하는 위인은 아니었잖아."

"그렇긴 하지."

"오랜만에 놀러 갈까?"

"어딜?"

"네 방."

"으음⋯."

"잠시 나왔다가 근처까지 오게 돼서 말이야."

그녀의 말이 끝나기가 무섭게 창밖에서 익숙한 발소리가 들려서 내다보니 손을 흔들고 있었다. 대화를 전화로 할지 창문으로 할지 고민하면서 결국에 둘 다 동시에 했다.

"이 근처에 뭐가 있었어?"

"영화관 새로 생겼어."

그랬었나? 돈벌이는 잘 되겠네.

"영화면 상영 시간에 맞춰야 하지 않아?"

"가서 고르려는 생각이기도 했고, 친구 기분이 이상한데 영화쯤은 걸림돌이 못 되지."

목소리에 나도 모르게 감정이 많이 묻어났나 보다.

이내 초인종을 누르는 소리가 들려왔다.

"누구세요?"

아빠가 그 소리를 듣고 서재에서 나온 모양이다.

"내 친구야."

"지은이예요."

"어어, 오랜만이네."

지은이는 인사를 마치고 올라와서 방문을 벌컥 열었다.

"엄마도 하는 노크를⋯."

"어때~."

이후 잠시 침묵의 시간이 있었다. 오래 알고 지냈다 해도 자라면서 서로의 달리진 관심사를 알고 있지는 않았기 때문이다. 나한테 관심사라 해 봤자 인터넷 방송이나 총기 쪽이겠지만.

"저 샌드백 쳐봐도 돼?"

"좋을 대로."

"글러브는?"

"없어. 다치지 않게 조심히 쳐."

"샌드백이 날 때리는 것도 아닌—으으."

"내가 말 했잖아. 준비운동이라도 하지 그랬어."

"아직 오른손이 남았으니까!"

퍽 하는 소리가 경쾌하게 방 안에 울렸다.

"괜히 남아있는 손목도 다치지 마."

"그것보다 저 가방은 뭐야?"

어제 돈을 꺼내고 치우는 걸 깜빡했나 보네.

"중2병 놀이의 소품이야."

"열어봐도 돼?"

"안 돼."

"왜?"

"열면 터져."

"…비밀번호가 있네."

그녀는 네 자리의 비밀번호를 이리저리 돌려가며 맞춰보려 했지만 어림도 없었다. 만약 열렸다면 모형 지폐라고 해야 할까 싶었는데 그럴 일은 없어서 다행이다.

"진짜 터진다니깐."

아직도 미묘하게 흔들리고 있는 샌드백을 주먹으로 잡으며 걸터앉은 침대에서 일어났다.

"컴퓨터로는 뭐 해? 후줄근한 본체에 비해서 모니터가 너무 큰 거 아냐?"

"인터넷 방송 대화면으로 감상하기."

"끄응…."

"왜?"

뭔가 답답한 모양이다.

"다른 취미는 없어?"

"없… 저번에 야구연습장에 갔을 때 재미있어서 근처 남고 애들이랑 야구를 한번 했었어."

"그럼 남고로 가자!"

취미라면 개학하기 전까지는 헬스장에 가는 게 취미였다. 그런데 언제부터인가 눈에 띄는 발전이 없어서 이제는 일이 없는 한가할 때나 들른다.

"가서 어쩌게?"

"야구부가 연습하고 있겠지. 공이랑 글러브를 빌려서 캐치볼 정도는 할 수 있지 않을까?"

민폐인 건 알지만 혹시나 현석이를 만날 수 있을까 싶은 마음에 가기로 했다.

"너는 하필이면 학교 체육복을 입니?"

"집에 있는 운동복보다 낫다며."

"그냥 해 본 소리지."

남고의 정문과 이어지는 건널목 앞에 서 있으니 운동장을 돌고 있는 남학생 무리가 눈에 들어왔다. 이윽고 신호가 바뀌자 횡단보도를 건너는데 그녀는 무슨 바람이 들었는지 흰색 부분만 밟으며 깡충깡충 뛰어갔다.

"어릴 때 한 번쯤 해 봤잖아, 선 안 밟기라든가 선만 밟기라든가… 안 그래?"

"그런 걸 지금 와서 해도 재미있나 보네."

"매일 하는 게 아니라면 할만해~"

이젠에 봤던 체육 교사가 있는 곳으로 향하며 뛰고 있는 야구부원들을 관찰했는데 현석이는 없는 것 같았다.

"너는 저번에… 미안하다, 이름을 까먹었네."

교사 겸 감독은 나를 기억하고 있는 모양이었다.

"글러브—"

쓸데없이 당당한 지은이를 막아서고 내 말을 먼저 전했다.

"현석이는 없나요? 안 보이는데…"

"화장실 간다 한 것 치고는 늦게 오는 걸 보니까 창고에 있을 거야."

"네?"

"아, 간단하게 한다고 하다 보니까 말이 이상하게 됐다. 부 활동은 쉬겠다 해놓고 기웃거리다가 화장실 간다 하고 어딘가로 가버렸어. 보나 마나 글러브나 가지고 나올 거다."

그를 찾으러 창고로 향했다.

"어딘지는 알아?"

"구령대 아래에 창고를 두지 않는 학교는 없지 않을까?"

"음~ 일리 있어."

창고의 낮은 문은 멀리서 봐도 열려있었다.

"현…"

"현석아! 맞지? 현석이."

"아악! 아야야…"

천장에 부딪혔는지 머리에 먼지가 묻은 현석이가 좁은 모퉁이를 돌아서 나왔다. 그의 손에는 감독이 말했던 대로 글러브가 들려있었다.

"네가 왜 대신 불러?!"

"머뭇거리니까 그렇지."

"아… 안녕? 옆에는 누구?"

"하나 있는 친구 지은이."

"안녕~!"

"무슨 일로 왔어?"

"얘가 캐치볼 하자고 해서, 글러브랑 공을 빌릴 수 있을까?"

"그래 그럼. 저기 안쪽에… 복잡하니까 꺼내 줄게."

그는 금방 두 개의 글러브와 공 두 개를 가져왔다.

"공은 왜 두 개야?"

"연식구랑 안전구. 연식구도 맞으면 아파."

말을 잘 듣는 나는 안전구를 골라서 운동장의 한구석으로 갔다.

"이 정도면 되겠어?"

무슨 자신감인지 지은이가 15m는 거뜬히 돼 보이는 거리만큼 떨어지자고 했다.

"응! 던질게!"

와인드업… 안전구라고 해도 맞으면 아플 거 같은데 내가 무조건 잡는다는 확신이 있나?

60km의 공이 15m를 얼마 만에 도달하는지에 대해 머릿속으로 계산해 봤다. 그런 생각이 무색하게도 머리 위로 지나간 공은 바닥에서 뒹굴고 있었다.

캐치볼인 만큼 나한테 던지는 게 우선이 아니었을까….

"하하, 욕심부렸네~."

"적당히 해, 적당히."

나는 적당히 포물선을 그리는 공을 던져줬다.

"잡았다!"

다음에는 그녀도 적당히 던지다가 몸이 풀렸는지 빠른 공을 요구해 왔다.

"얼마나 빠르게?"

"숫자 입력하면 그대로 던져 주는 거야?"

"노력은 해 볼게."

"70킬로로!"

잡을 수 있을까 싶어서 그녀의 왼손 방향으로 몸에서는 빗나가게 던져줬다. 그녀는 그것을 의외로 잡아냈다.

"괜찮아?"

잡아내긴 했다. 하지만 글러브를 낀 손목을 부여잡고 있었다.

"끄응… 안 괜찮아."

"아까 삐끗한 곳이잖아. 그냥 넘어가서 괜찮을 줄 알았는데."

그렇게 말하며 글러브에 공을 끼워서 내려놓고 그녀에게 다가갔다.

"병원에 가야 할까?"

"내가 볼 때는 하루 자고 일어나면 나아."

"우리 엄마 같은 소리를 하네."

적어도 나는 금방 괜찮아졌었다.

"신경 쓰이면 가 봐. 운동도 잘 안 하면서 야구 거릴 때부터 알아봤어야
했어."

"가만히 있으니까 괜찮아지는 거 같긴 해. 그래도 오늘은 그만해야겠지?"

"응. 글러브랑 공 돌려주고 우리도 돌아가자."

그녀의 왼손에서 글러브를 빼 들었다. 아까 공을 끼워서 내려놓은 글러
브도 주웠다.

"벌써 가려고?"

"얘가 아까 삐끗한 손목을 또 삐끗해서."

"조심하지."

"(히죽)"

"여기 두고 갈게."

"응."

나와 지은이는 교문에서 서로 반대 방향, 각자의 집으로 갈라져서 향했다.

잠깐씩 마주쳤던 현석이의 얼굴에서 더는 슬픔을 찾아볼 수 없었다. 양부모라 해도 정을 빠르게 떼기는 힘들 텐데 말이다.

다음 날, 언제나처럼 샌드위치와 초코우유를 사서 초록색 울타리를 바라보고 벤치에 앉았다. 현석이도 아무 일도 없었다는 듯이 평소처럼 찾아왔다.

"솔!"

그는 한쪽 팔만 걸치고 반대 팔로 손을 흔들고 있었다.

(대충 눈만 마주쳐서 반응해 줬다.)

"어제 그 친구는 괜찮대?"

"딱히 말은 없었어."

"크게 다치지 않아서 다행이다."

"원래 운동을 잘 하는 편이 아닌데 무리한다 싶었더니 바로 다치네."

"야구는 그럴 만큼 재미있으니까."

"말 나온 김에 묻는데 대회는 언제부터야?"

"4월 중순부터 5월 말까지가 전반기. 후반기는 6월 초부터 7월 중순까지야."

"후반기는 덥겠다."

여름은 생각만 해도 후끈해지는 기분이라서 아직은 시원한 초코우유를 쭈욱 들이켰다.

"더워도, 야구 하면 여름! 이라고 하고 싶지만, 여름을 제대로 즐길 수 있는 팀인지는 아직도 모르겠어."

"친구들이랑 내년, 내후년을 기약하면 되지. 선배들한테는 미안해도 경험이 필요한 거잖아."

"그러다가 야구에 흥미를 잃어서 부원조차 부족하게 되면 어떡해."

"알아서 잘 해봐."

"…"

"화이팅?"

"아, 아니야. 전화번호오…"

"쑥스러워하는 건 그만할 때도 되지 않았어?"

"…"

나는 벤치에서 일어나서 머뭇거리는 그에게 울타리 너머로 핸드폰을 건네주었다.

"연락처가 세 개…"

"취미, 나쁘네."

세 개에서 네 개로 늘어난 전화번호를 확인하고 핸드폰을 다시 뺏어왔다.

"화면이 자동으로 넘어가서 어쩔 수 없었다고."

그렇게 다음 날도 그다음 날도 다음 주도 평범한 일상의 궤도에 올랐다.


또 몇 주가 흘렀을까.

[9시 반에 경기가 있는데 보러 와 줄래? 신월 구장이야.]

신월 야구장이 어디인지 검색해 봤더니 집에서 족히 30분은 걸리는 거리였다. 핸드폰의 상단바를 내려서 확인한 지금의 시각은 토요일 9시 11분이다.

암살자라도 사이코패스가 되긴 싫어!

밤 9시 30분? 아니면 내일?

전화해 볼까 싶었지만, 헬기 안이 시끄러워서 들리지 않겠다. 그래서 문자를 남겼는데 바쁜지 답장은 없었다.

바쁘다… 지금 하나 보네.

"조종사 할아버지."

"어야~."

"신월 야구장까지 가주실 수 있어요?"

"거기 비행 제한 구역…에 걸치는구나. 빨리 내리면 괜찮겠지."

헬기에 타고 있는 이유는 밤새 중국에서 총질하다 왔기 때문이다. 대만과 홍콩의 요원들이 주로 조직됐는데 왠지 모르게 나만 그사이에 껴 있었다. 덕분에 평생 쓸 영어를 소리까지 질러가며 다 썼다.

"야구장에는 왜 가는 거냐? 그것도 헬기로 말이다."

"친구가 급하게 불러서요. 30분이 시작이래요."

"허허허 어제 한바탕해서 헬기를 탄 보람이 있겠구나. 이제 내려라."

주차장의 지상에서 1m 정도 공중에서 헬기는 멈췄다. 주변에 사람은 없었다.

"할아버지도 피곤하실 텐데 고마워요."

이번에는 헤드셋을 잘 벗어두고 내렸다. 등에 멘 가방에는 총이 있긴 한데 공항검색대도 아니고… 안 걸리겠지. 옷은 피가 조금 튀어서 현지에서 피곤한 쇼핑을 해야만 했다.

야구장은 어떻게 들어가야 하나….

익숙하지 않은 풍경에 남은 10분과 추가로 10분을 더 소모한 끝에 관중석에 앉았다. 미디어에서 봤던 웅장한 야구장이 아니라 좁은 관중석을 더 적은 사람이 채우고 있어서 편하게 있을 수 있었다.

올려다본 전광판 윗줄에는 상대팀 □□고, 그 아래 ○○남고 옆의 숫자 1
과 알파벳 O 옆에는 빨간 불 한 개가 들어와 있는 게 보였다.

1번이나 2번이 혼자 홈런을 했나 보네. 시작이 좋아 보인다고 할 수 있나?

연습경기도 도와줬지만, 딱히 찾아본 것은 없어서 아직은 문외한이다.

이윽고 3번 타자를 부르는 방송에서 현석이의 이름이 들려왔다. 나는 3
루 쪽 관중석에 앉았는데 그의 팀도 같은 방향의 벤치에다가 우타인 탓에
아직 나를 보지 못한 모양이다.

첫 구는 관찰, 두 번째는 헛스윙 다음은 휘두르지 않았는데 다행히 볼이
었다. 네 번째 공은 정중앙으로 향했고 그것을 현석이가 쳐 내서 2루까지
나갔다. 남고의 벤치에서는 환호성이 들려왔다. 4번 타자가 준비하는 동안
2루로 나간 그를 열심히 쳐다봤지만, 돌아오는 것은 아무것도 없었다.

불렀으면 관중석에서 좀 찾아 줄 생각은 없니?

그는 어딘가를 계속 주시하다가 2루에서 점점 멀어지더니 투수가 공을
던지니까 냅다 3루로 달렸다. 4번 타자도 1루 진루에 성공했다. 하지만 3루
의 현석이도 코앞에 있는 나를 발견하지 못했다.

1루의 주자는 아까 현석이가 한 것처럼 깔짝댔다. 좌완투수인 만큼 바로
견제구가 날아왔지만, 아웃 되지는 않았다. 뭔가 1회부터 흥미진진해지는
기분이다.

5번 타자는 방망이를 휘두르려다가 1루 방향으로 기습 번트를 했다. 그
공을 주우러 투수가 달려갔지만 이미 현석이가 홈플레이트를 밟고 환호성
이 다시 한번 쏟아진 후였다.

으음… 무슨 일이 있었던 거야? 쟤가 원래 저렇게 빨랐나?

점수를 내고 기분 좋아하는 현석이가 이번에도 나를 찾아내지는 않았
다. 발견되는 건 수비 때까지 기다려야 하나 싶다.

이후로 6번 7번이 장타를 쳐내서 5점 득점으로 1회 공격이 마무리됐다. 상대는 더는 잃지 말자고 다짐하는 분위기고 이쪽은… 마찬가지로 잃지 말고 지켜내자는 분위기다. 그런 분위기에 모두가 물들었는지 결국 5대1로 경기가 끝났다.

으아, 이게 뭐야 2시간 동안 가만히 앉아 있었잖아. 1회 공격만 흥미진진했어.

작은 관중석에서 내려오는데 무언가가 나에게 날아오길래 잡아냈다.

야구공?

포수와 끌어안고 웃고 있는 그가 보였다. 행복해 보이는 그를 뒤로하고 공만 받아든 채 버스 정류장으로 향했다. 돌아갈 때도 헬기를 타면 좋겠지만 내 자가용은 아니니까.

버스가 금방 왔다 갔는지 15분을 넘게 기다려서 올랐다. 오른쪽 앞바퀴 자리에 앉아서 야구장을 보고 있는데 그를 비롯한 야구부원들이 뛰어오고 있었다.

기사 아저씨는 닫으려던 문을 다시 열었고 이내 그들이 줄지어서 버스에 올랐다.

"(야아, 네 여친 있다.)"

"(응원이라니 로맨틱하네~.)"

"(그런 사이 아니야.)"

그렇게 속삭이면 안 들릴 줄 아나 보다.

"아야!"

"미안, 머리 묶은 거 한 번쯤 잡아당겨 보고 싶었어."

버스에 자리도 많았는데 현석이는 굳이 내 뒷자리에 앉아서 머리카락이나 당겼다. 어제…가 아니라 오늘 새벽에 중국여행 가서 묶었던 걸 풀지 않고 있었다는 걸 깨달아서 풀어버렸다.

"당기지 말라고 푸는 거야?"

"묶은 걸 깜박하고 있었어. 새벽부터 바빴거든."

"푸는 게 편해?"

"웬만해선."

나나 그나 피곤한 건 매한가지라서 조용히 달리는 버스에 몸을 맡기던 중 뒤에서 어깨를 두 번 두드렸다.

"아…"

돌아본 내 볼에는 검지가 꽂혔다.

"나는 여기서 내릴 건데 네가 잠든 채로 종점까지 갈까 봐."

딱히 자는 건 아니었는데, 너무 가만히 있었나.

창문 너머로 그에게 손을 흔들어줬다. 흔드는 손에는 아까의 공이 아직도 쥐어져 있어서 집까지 몇 정거장 더 가는 동안 한참을 바라봤다.

집 앞 정류장에서 올려다본 하늘은 마치 비가 올 것 같았는데 어김없이 다음 날 폭우가 쏟아졌다.


[원래 오늘 12시에 경기가 있었어.]

아~ 그렇구나. 하늘도 컴컴한데 그냥 더 자야지.

그렇게 눈을 감은 순간 진동이 한 번 더 울렸다.

[봄비야, 봄비.]

감성적인 봄비치고는 쏟아지는 중이야.

이번엔 이불까지 머리 위로 뒤집어쓴 순간 진동이 울렸다. 하지만 핸드폰에는 아무것도 온 것이 없어서 허둥지둥 세컨폰을 꺼냈다.

[사망사고 운전자 차를 가지고 골목으로 도주.]


암살자라도 사이코패스가 되긴 싫어!

도주라고 해 봤자 뺑소니범… 뺑소니범도 잡아야 해?

[차종은 ◇◇◇.]

차에 관심 없는 사람은 어떡하라고. 검색해 보다가 놓치기 전에 사진이라도 첨부해 줘.

투덜거리면서 우비를 챙기는데 창문 너머로 범퍼와 앞 유리가 손상된 승용차가 지나가는 게 보였다.

길은 하나뿐인데 왜 이쪽으로 왔을까~.

큰길로 나가려면 집 앞 학교를 ㄱ자로 두르는 골목길을 지나야 한다. 휴일이라 길가에 주차된 차들 덕분에 도주차량이 애를 먹는 동안 우비는 머리만 걸친 채로 학교의 운동장을 가로질러 달렸다. 이미 사람 하나 친 주제에 다른 차들을 긁지 않으려는 모습이 바보 같다.

바보 같은 운전자가 자신을 쫓는 나를 보지 못하고 속도를 느린 속도를 유지하자 냅다 울타리를 넘어서 자동차의 앞부분에 안착했다.

겁에 질린 모습이 보기 좋네.

"너 뭐, 뭐야?!"

"어… 아저씨? 차 세우시구우우—!"

이제야 처지를 알아차렸는지 속도가 올라갔다.

"세워! 나도 죽일 셈이야?!"

"떠, 떠, 떨어지라고!"

앞 유리를 내리치며 설득해 보아도 소용이 없었다.

이거 나까지 날아가는 거 아냐? 앞에 하천 나오기 전에 내려야겠는데 엑?!

"어어어어?!"

"우—왁!"

내가 시야를 가린 탓인지 운전자는 직진으로 난간을 들이박고 2m 아래로 떨어졌다. 물론 나도 함께였다.

"어딜… 가려고."

에어백에 껴서 빠져나오려고 연 운전석 문을 닫아버리고 몸으로 막아섰다. 조수석으로 나가려 했지만, 경찰 둘이 뛰어오는 게 보여서 굳이 막지는 않았다. 사실 못 막은 거다.

"많이 다쳤어?"

그럼 조금 다쳤을까?

둘 중 한 명이 나에게 다가왔다. 운전자는 다른 한 명에게 몇 걸음 못가서 잡혔는지 반항하는 소리가 들려왔다.

"겉으로는 잘 안 보이는데 부러진 거니?"

내가 말없이 있자 가누지 못하는 오른쪽 팔의 상태를 봐주려 했다. 구를 때 잘못 짚었어도 한참 잘못 짚은 건 알고 있었다.

"아…아악!"

이제야 통증이 몰려왔다.

"구급차 부를까? 아니면…."

경찰차는 저 범인이나 호송해야겠지.

"집이 근처에요. 핸드폰만 좀 빌려주세요."

"그래."

단축으로만 눌렀던 전화번호를 오랜만에 전부 써냈다.

"여보세요?"

"난데 학교 옆에 하천으로 와줘."

"나가 누군데?"

"아, 나 아프단 말이야. 장난치지 말고."

"알았어."

"바로 병원 가게 차 가지고서."

빌린 핸드폰을 돌려주고 내 전화번호도 남겼다. 물어볼 게 있으니 치료받고 경찰서로 오라고 했다. 마침 도착한 아빠와 경찰이 짧은 인사를 나누고 병원으로 향했다.

"부러졌어?"

"몰라."

"아까부터 말이 나오는 걸 보니까 금만 갔나 보네."

"부러지면 그렇게 아파?"

"그럼~ 아프지."

얼마나 아픈지 궁금해서 계속 물었지만 직접 부러져 보지 않고서는 모르겠다.

"깁스는 처음인가?"

"응."

결국 붕대를 둘둘 감게 됐다. 경찰서도 들러서 이것저것 대답하고 집에 돌아왔다.

"아아! 답답해!"

"한 달만 참아."

엄마는 금요일부터 친정에 가 있어서 아빠가 전화로 소식을 전하니 놀라는 눈치였다.


월요일 점심에는 칼슘이 있는 우유… 그냥 초코우유를 하나 더 샀다.

"어쩌다 다친 거니?"

"2미터 아래로 떨어졌거든요."

"?"

난처하다는 표정이었다.

초코우유 두 개를 자유로운 왼손에서 그렇지 못한 오른팔에 얹고 샌드위치를 왼손으로 들어서 벤치에 앉았다. 초코우유는 앉기 전에 내 왼편에 내려두었다. 이제 보니 떨어진 벚꽃잎이 줄어든 것 같다.

"여…이?"

"빗길에서 미끄러졌어."

빗길에서 미끄러져 2m 아래로 떨어진 것으로 하자.

"빙판도 아니고…."

"너도 빙판이 아니라고 방심했다간 깁스하게 될걸?"

"그럴까 보냐."

한 입 베어 문 샌드위치를 내려두고 초코우유 한 팩을 비워냈다. 그리고서 다른 하나에 빨대를 꽂았다.

"다다, 다아(달다, 달아)."

"…너희 학교는 현장학습 언제야?"

"6월 5일. 놀이공원으로 간대."

"진짜? 우리도 그때쯤이었던 거 같은데, 잠시만."

그는 꺼내든 핸드폰을 열심히 들여다보고서 말을 이었다.

"날짜는 우리도 6월 5일이야. 친구들 사이에서 놀이공원이라는 말이 있긴 해."

현장학습을 가다 보면 대중교통에서 다른 학교 학생을 마주치고는 하는데, 목적지까지 완전히 같을지도 모르겠다.

"만날 수 있으면 좋겠다."

"(우물우물) (꿀꺽) 왜?"

"평소와는 다른 장소니까."

"그런가."

"친구 없으니까 너도 만나는 편이 좋지 않겠어?"

그건 좀 심하지 않나….

"혼자가 편할 때도 있다는 걸 알아 둬. 그리고 나는 대체로 혼자인 게 편해."

"지금은 불편해?"

몇 주 전의 우물 쭈물대는 현석이로 돌아가 줘, 제발.

"…"

"답이 없으면 편하다는 거네~ 하하—합!"

갑자기 불어온 바람에 벚꽃잎이 흩날렸다. 웃으려 입을 벌렸던 그도 빠르게 닫았다. 하지만 뭔가 문제가 생겼는지 뒤돌아서 꼼지락댔다.

"왜 그래?"

"…보고 싶어?"

그는 보고 싶다는 대답도 기다리지 않고 울타리 너머에서 젖은 벚꽃잎을 내밀었다.

"더러워."

"떨어지는 벚꽃잎을 잡으면 소원이 이루어진다는데 입으로 잡은 건 안 되려나?"

"소원이 있으면 아직 흩날리고 있는 거라도 잡아 봐."

바람은 아까의 돌풍이 지나고도 선선하게 불고 있었다. 그런 바람에 날리는 꽃잎을 잡으려는 그는 우습게 보였다.

"잡았다!"

그가 나를 보며 외쳤다.

"못 잡았잖아."

"나 말고 너."

"나?"

깁스로 인해 대충 두었던 오른손에는 꽃잎 하나가 올라와 있었다. 그것을 오른팔과 같이 조심히 들어 올렸다.

"빨리 소원 빌어 봐."

"소원 같은 거 없어."

그런 말이 끝나기가 무섭게 꽃잎이 바람에 날아가 버렸다.

"아깝다."

"소원은 생일에 촛불이나 끄면서 빌어."


그렇게 다가온 현장학습…전날 밤, 12시가 넘기 전에 세컨폰이 울렸다.

흐아암~ 현장학습은 방해해도 되는데 잘 때는 좀….

[놀이공원 테러 협박.]

아 몰라 그냥 다 터져 버리라고 해.

다시 잠에서 깬 것은 5시쯤이었다. 세컨폰에는 테러 주동자의 신상 정보가 와 있었고 나를 깨운 건 아빠의 문자 세례였다.

[이제 일어난 거?]

[어떻게 알았어?]

[척하면 척이지.]

[놀이공원 테러의 목적이 뭐래?]

[사과.]

[그럼 놀이공원에서 일하다가 다쳤는데 그에 대해 함구했다는 거야? 복수?]

[아들이 놀이기구를 타다가 사고가 나서 무덤에 있다고 한다.]

[덮어버린 거면 테러할만했네.]

[네 말대로다. 놀이공원은 사고를 덮어버렸어.]

[그냥 사람들 대피시키면 안 된대?]

[놀이기구를 폭파한다고 했다.]

사과 > 놀이기구 > 사람 …?

[놀이공원도 문제가 많아 보이는데.]

[어찌 되건 간에 내려온 지령은 수행한다. 기한은 따로 전달된 메시지를 확인해.]

놀이공원은 마침 현장학습 장소였다. 새로 생긴 지 1년도 안 된 곳이었다. 아마도 이미지 때문에 사고 사실을 덮었겠지 싶다.

[15시 30분까지 놀이공원의 사과가 없다면 가차 없이 터뜨린다고 전해짐.]

[폭탄의 개수는 알 수 없지만, 최대한 다수의 놀이기구가 목표라고 예상.]

[IED 원격 폭탄의 거래가 사흘 전에 있었음을 확인. 놀이공원의 입장객 때문에 원격조작의 거리는 보다 짧을 것으로 예상.]

[놀이공원에 숨어든 테러범을 저지하고 고용인의 소재까지 확인 바람.]

예상이라고 써 봤자 그게 결론일 거면서 비밀조직 주제에 책임감이 없어. 그리고 테러범의 인상착의는 알려주지 않아 놓고 어떻게 잡으라는 거야?

정리해 보자면 사과와 복수를 위해 고용인이 원격 폭탄을 설치하고 그걸 터뜨리려 잠입한 누군가를 잡아내라는 건가. 징징대긴 했어도 아마 최고의 현장학습이 되지 않을까 싶다.

작전 짜기에 안성맞춤인 구글 어스를 켜서 최소한의 폭탄으로 최대의 피해를 낼 수 있는 놀이기구들을 정리했다. 역시나 롤러코스터가 다수를 차지했다. 그다음은 정리한 놀이기구들의 중앙지점과 놀이공원의 중앙지점을 비교하며 테러범이 숨어있을 만한 곳을 찾아봤다.

핸드폰을 이용한 원격 폭파라서 숨어있을 필요는 없겠다. 하지만 테러범은 인파 속에서 눈에 띄지 않는 한국인일 가능성이 높다. 또한 한국인이라면 이런 일에 익숙할 리가 없기에 분명 어딘가에 몸을 숨길 것이다.

화장실과 풀숲 몇 군데를 학교에서 나눠준 놀이공원 책자에 눈에 잘 띄게 표시하고 가방을 쌌다. 이미 7시가 넘어서 해가 뜬지 오래였다.

죽어버리면 안 되니까 스마트 리볼버의 고무탄.

벽장을 뒤져보니 처음에 받았던 6발씩 한 세트로 클립에 꽂혀 있는 것 5개를 찾아낼 수 있었다.

얼마나 필요하려나~ 사람도 많아서 많이는 못 쏠 텐데. 하나는 섭섭하니까 둘?

책자를 담은 크로스백에 두 세트를 집어넣었다. 총은 총구를 장난감의 컬러파츠처럼 보이게 하려고 준비해 둔 주황색의 테이프를 감아서 담았다. 마지막으로 물병을 집어넣고 지퍼를 잠갔다.


놀이공원에는 집합시간까지 쓸쓸하게도 혼자서 버스와 지하철을 환승하며 도착했다. 이미 도착해 있는 애들 사이에서 '쟤 혼자 온 거야?', '불쌍하다. ㅋㅋ' 같은 소리가 나보고 들으라는 듯이 오가고 있었다.

이래서는 현석이한테 아는 척하기 미안하잖아.

그런 걸 아는지 모르는지 현석이는 입구에서부터 눈을 마주치며 빠르게 다가왔다.

"여어~ 우린 늦었어. 이따 봐!"

빠르게 다가오는 건 늦어서였나 보다. 그는 그대로 지나치면서 입구로 뛰어갔다. 다섯 경기 내내 패배 중이라는데… 예상된 결과였긴 하지만 우울한 기색은 한 번도 비추지 않고 있었다.

마지막 한 조가 도착하고 인원 점검이 끝나자 그제야 입장했다. 11시, 남고보다 30분 늦은 입장 시간이었다.

사람들 살리러 왔는데 왜 이렇게 늦게 들어가냐. 남은 건 4시간 30분, 여차하면 점심도 걸러야겠어.

혼자 발걸음을 옮기는 나를 선생님이 걱정의 눈길로 바라보는 것 같았지만 그 걱정을 덜어줄 방법은 30분 전에 늦었다며 뛰어간 애가 마지막이었다. 그래도 신경 쓰이게 하고 싶지는 않아서 혼자서 재미나게 놀 수 있는 계획이 있다는 듯이 책자랑 핸드폰을 뒤적거리며 발걸음을 재촉했다.

그 걸음을 지속하며 미리 찾아 뒀던 장소를 두 군데 정도 둘러봤을 때 머릿속에 무언가가 스쳤다.

테러범이 15시에 입장할 수도 있는 거잖아. 나머지 9곳을 가보기 전에 알아채서 다행이네.

앞으로 돌려 맨 크로스백의 위로 리볼버를 만져대며 폭탄이 설치된 위치부터 찾아보기로 했다.

저기 저 바이킹부터 볼까.

바이킹이 최고 고도에 올랐을 때 위쪽의 중심을 터뜨려 버리면 배가 멋지게 항해하러 나아갈 것이기에 핸드폰 카메라의 줌을 당겨서 이리저리 둘러보았다. 하지만 폭탄의 폭 자도 찾아볼 수 없었다.

더 가까이 가면 좋을 텐데. 아 그래! 타서 보는 게 가장 가깝겠구나.

20분간의 줄을 기다린 끝에 가운데 부분에 탈 수 있었다. 안전 방송이 나오는 동안 빠르게 핸드폰 카메라로 하나의 폭탄을 확인해 냈다. 하지만 뗄 방법이 없다는 건 바이킹의 운행이 끝나고 나서야 알아챘다.

"우아아아아아아악!"

가운데가 가장 안 무섭다며어어!

소득이라고는 무서움뿐인 바이킹에서 내렸다. 이렇게 된 이상 처음 계획이었던 화장실과 풀숲 투어밖에 없겠다.

남자면 어떡하지? 남자 화장실에 들어가는 건 아무래도 문제가….

찾아 뒀던 9곳의 장소를 몇 시간 동안 돌고 돌다가 현석이를 만날 수 있었다.

"여어~! 너도 점심?"

손목시계를 보니 1시가 조금 넘어있었다.

"점심 먹을 시간은 없어."

"왜?"

"테러어—"

"테러?"

"카, 카페, 테라스에서 꼬, 꽃밭을 보며 차를 즐기겠다는 거지."

으아아… 좀비처럼 걸어 다니기만 한 탓에 입도 좀비처럼 자동으로 움직여 버렸어. 위험했다아.

"경치가 좋은 곳이 있나 보네. 같이 갈까?"

없는 공간은 아니어도 시간이 없는 건 매한가지.

"응."

응?

수많은 인파를 지나쳐 얼떨결에 단둘이 원형 테이블에 마주 앉았다. 그는 내가 불편할까 봐 일행과도 일부러 떨어져 나왔다.

"그, 그, 그, 그, 그…"

뭔가 할 말이 있었던 거 같은데… 뭐였더라?

나중에 생각해 보니, 하려고 생각해둔 말 따위는 없었었다.

"확실히 꽃이 예쁘게 심겨 있다. 저 사이에서 사진 찍으면 잘 나오겠다."

"나, 난 딸기 파르페!"

"파르페? 아~ 그렇게 생긴 거구나. 나는 저 커피에 이 빵이 좋겠어."

그가 멀리 보이는 메뉴판을 보며 말하고는 가서 주문했다. 점심을 카페에서 때우는 사람은 적은지 음식은 금방 나왔다.

"우아~ 시원해~."

"더워? 선선하지 않았어?"

네가 이상한 제안을 해서 더워진 거야.

"더위를 많이 타는 편이야."

"아하. 놀이기구는 좀 타 봤어?"

"바이킹 하나 타고 무서워서 구경할 겸 돌아다니고 있었지."

"놀이기구 따위 하나도 안 무서워 같은 말을 할 줄 알았는데."

"무섭더라."

"…처음이야?"

"응."

몇 분간의 침묵에 서로 빨대만 빨아댔다.

"으아아아."

"왜?"

"정신없이 먹어대서 머리 아파. 으으."

파르페는 분명 목으로 넘어가서 위에 들어갔을 텐데 전부 머리로 향한 기분이다.

"너도 따뜻한 커피나 마시지."

"단 게 좋아."

"좋다고 자주 먹으면 몸에 안 좋아."

"걱정은 고맙지만 네가 보는 게 내가 먹는 단 음식의 전부라고 할 수 있어."

"점심시간마다 초코우유?"

"응. 어릴 때부터 단 걸 좋아해서 유치는 전부 썩어서 뺀 거나 다름없어서 많이 줄였어."

"어릴 때는 전부 사탕 같은 걸 좋아하긴 하지."

"너는?"

"당연히 좋아했지."

"이빨 말이야. 많이 썩어봤어?"

"아니, 한 번도. 양치질 후에 상쾌한 기분이 좋아서, 어렸을 때는 이빨 대신에 잇몸에 문제가 생기긴 했었어."

"별나네."

"사람은 전부 별나."

"으음~."

"야구나 축구 같은 스포츠도 별난 사람들은 한 곳으로 모으기 위해서 역할이 서로 다르잖아."

그는 오른손에 커피를 들고 말을 하면서 저 아래에 있는 꽃밭 쪽으로 의자와 함께 몸을 돌렸다. 내 쪽에서는 그의 옆모습만 보이는 완벽한 90°까지 돌았다.

으음~ 그럴듯한 말인데… 몸은 왜 돌린 거야? 꽃밭을 구경하고 싶었나?

"배드민턴은?"

"그건 사람이 적으니까 제외야."

"너는… 사람이 많은 게 좋아?"

"그렇다고 할 수 있지. 그래도 그것만이 아니라 사람을 이끄는 게, 팀을 이끄는… 그런 게 좋아."

"나는 그러면 부담스럽던데."

"리더 같은 걸 해 본 적이 있어?"

이제 이런 질문은 익숙하다.

"학기 초에는 작년 성적을 보고 모둠장을 시키고는 하니까."

"은근히 자랑하네."

"이것 말고는 자랑할 건 딱히 없어."

"운동도 잘 하잖아."

"저어어어번에 네가 말 한 대로 친구가 없어서 운동력을 뽐낼 방법이 학교 수행평가밖에 없는데 그것마저 아무도 관심이 없거든."

그는 잠시 곰곰이 생각하더니 입을 열었다.

"언제 그런 말을 했나?"

"RPG 게임에 빗댔었던 거."

"아아~. 아무도 봐주지 않는다고 자랑거리에서 뺄 필요는 없지 않아?"

"자랑거리에 넣는다 해도 여자애들은 운동 따위에 일절 관심 없어."

"남자애들이랑 놀아 보지."

그가 말을 마치고 마지막 남은 빵 한 조각을 먹어치웠다.

"관심 가져주는 애도 있었는데 금세 불편해하더라. 그렇게 불편해?"

"음… 사람에 따라서 다른데 네 경우라면… 너를 둘러싼 이야기들이 친해지는 걸 막은 게 아닐까? 동성이었어도 달라지는 건 없었겠지."

"왕따라서 그렇다?"

"열심히 돌려 말했는데."

"그런 거 신경 안 써."

대화가 끊긴 틈을 타서 파르페를 깨작거렸다. 이내 더는 먹을 게 사라졌다는 걸 깨닫고 나서 내가 먼저 말을 꺼냈다.

"내가 왕따인 걸 알았으면 3월처럼 말 걸어줬을 거야?"

"곤란하네~."

"대답하기 좀 그래?"

"지나간 일에 만약은 없다고 생각하자."

"그런 게 재미있는 거지."

"굳이 답하자면 말은 무조건 걸었어도 성격이 나쁘면 다음에 다시 오는 일은 없었을 거야."

"내 성격이 좋다고 생각하지는 않는데."

"그런 성격 말고."

순간 누군갈 죽이는 일을 하는 것에 대한 성격을 말해 버렸지만, 평소 성격도 별로라는 걸 그의 대답으로 알 수 있었다.

"진짜 성격 안 좋아?"

"몇 번 안 만났을 때는 확실히 날카롭긴 했어."

"그랬나…."

"그럼 입장을 바꿔서, 네가 나였으면? 지나치고 또 지나치다가 결국에 말 걸어줬을 거 같아?"

"점심시간에 혼자 있는 아이는 혼자인 이유가 있겠다 싶어서 절대 말 안 걸어줬을 거 같아."

"배려의 차원에서?"

"그렇게 볼 수도 있겠네."

다시 대화가 끊기고 그는 남은 커피를 입안에 쏟아 넣었다.

"다음은 어떡할 거야? 같이 다닐래?"

"아냐, 친구들이랑 놀아. 나는 생각해 둔 게 있어서."

"알겠어. 다음에 또 보자."

다음이 다음 주 월요일인지 놀이공원이 끝나기 전인지…. 내일이 경기였나? 아니지 않나?

그가 알려줬던 인터넷 페이지에 들어가서 확인해 보니 후반기는 다음 주부터 시작이었다.

나도 자리에서 일어나 몇 바퀴를 더 돌아보기로 했다. 그렇게 한 시간이 더 흘러 시계는 3시를 가리키고 있었다.

"여보세요?"

"아빠."

"왜?"

"답이 안 나와."

"아직 30분이나 남았어."

"이거 실패하면 어떻게 돼?"

"사람들이 다치겠지?"

그런 건 나도 잘 알고 있다.

"나 말이야."

"어… 돈을 못 받아."

"그거밖에?"

"어… 신뢰도가 떨어져."

"지금은 얼마나 되는데?"

"어… 저번에 마약범을 놓쳤을 때 조금 깎이긴 했는데 중국에서 한 건 한 덕분에 높은 편이야."

"수치로는 말 못 해줘? 실패하면 얼마나 깎인다던가."

"영업비밀이야."

끊어버리려다가 한 가지를 더 물었다.

"관계자랑 접촉해서 대피시키려면 늦었어?"

"어. 파이팅!"

말을 마치고 아빠가 먼저 끊어버렸다.

파이팅은 얼어 죽을 파이팅. 여기서 죽으면 터져 죽을 인가.

이젠 남자 화장실도 가릴 수 없었—가려야겠다. 하필 첫 시도가 현석이 가 있는 화장실이었다.

변태 의심 > 인명피해 …그래도 이건 아니지.

모든 사람이 하하 호호 웃으며 거닐 때 나는 홀로 그들의 옆을 질주했다. 느린 세상 속에서 나만 빠르게 다니는, 마치 시간이 멈춘 기분이다. 아니, 그냥 시간이 멈춰 버렸으면 좋겠다.

떨어지는 벚꽃잎이라도 잡아서 시간을 멈춰 달라고 빌면 소원을 들어줄 까 싶다. 하지만 벚꽃은 얼마 전에 전부 져버렸는데 애초에 이 놀이공원에 는 벚나무를 심지 않은 모양이다.

핸드폰 들고 불안해하는 사람이나 초조해하는 사람 어디 없나? 풀숲에 숨어있다든가. 제발 내 눈에 걸려라.

달리는 롤러코스터와 앞뒤로 움직이는 바이킹이 날아간다면 어떨지 머릿 속에서 저절로 상상되기 시작했다.

그런 거 생각할 시간—몇 분 남았지? 3시 22분?—에 주변이나 더 둘러봐 놔야!

15시 30분이라는 제한 시간이 달리는 다리를 옥죄이고 있었다. 희망은 없어—보였다. 누가 봐도 용의자가 보였다. 사격장 앞 벤치에서 두 손으로 초조하게 핸드폰을 쥐고 있었다.

"거기 너, 멈춰!"

"응?"

소리 지르며 몸을 날려서 제지한 테러범 용의자의 핸드폰에는 웹툰이 띄워져 있었다. 자세히 보니까 중학생 정도 돼 보이는 남자아이였다.

"누구세요?"

"미안, 지구를 구해야 해서, 가볼게."

으악 쪽팔려. 웹툰을 왜 그렇게 진지하게 보고 난리야?!

쪽팔림에 일단 자리를 뜨자는 생각으로 달렸더니 마음이 너무 급했는지 내 발에 걸려 넘어져서 풀숲에 처박히고 말았다.

"아야야."

오른팔도 같이 짚었는데 또 금가거나 하지는 않았겠지?

시간을 보기 위해서 왼손을 들었는데 금이 간 것은 뼈가 아니라 손목시계였다. 지은이가 생일선물로 준 거라 속상하다. 그래도 겨우겨우 볼 수는 있겠다.

28.

2분이면 나라도 도망쳐야겠다는 생각이 들어서 어디가 좋을지 고개를 들고 확인해 봤다.

음… 저기가 안전하겠네, 저 사람도 놀이기구가 무너질 걸 아는 사람처럼 잘 들어가 있고 말이야. 응?

아.

장전할 시간은 충분했다. 하지만 마음의 여유는 충분하지 못했다.

클립, 클립, 이거 왜 한 번에 안 들어가? 뭐야아아아아! 연습해 둘걸!

결국 두 발만 따로 빼서 장전하고 실린더를 총열에 맞추었다.

20m 정도 되나.

고무탄의 짧은 사거리 때문에 정확한 사격을 위해 더 가까이 가야 한다.

하지만 그럴 여유는 없었기에 잘못 맞아도 복부는 아니길 빌면서 방아쇠를 당겼다. 순간 지나간 롤러코스터 승객들의 비명 덕에 총성이 묻혔다.

들고 있던 핸드폰은 반으로 갈라져서 바닥에 떨어졌고 용의자는 도망치기 시작했다. 나는 두 번째 칸으로 실린더를 돌리면서 용의자를 쫓았다. 금이 간 손목시계의 분침은 정확히 30분을 가리키고 있었다. 이제 용의자가 아니라 테러범 확정이다.

"거기 서!"

사람들의 시선이 나에게 고정됐다. 그중에는 익숙한 얼굴도 있는 것 같았다.

너무 관종이 된 기분….

"저 사람 소매치기예요!"

그 말을 들은 한 남성이 내 앞에서 테러범을 쫓기 시작했다. 빠른 발과 걸음걸이가 익숙했다.

현석이야? 말려들면 곤란한데.

"무리하지 마!"

내 말이 들리지도 않는지 그대로 슬라이딩 태클을 걸어서 테러범을 넘어뜨렸다.

"이 사람 맞지?"

"응, 그러다 다치면 어쩌려고."

"걱정 마. 이 정도면 금방 나아."

그는 얼굴을 찡그리면서 넘어진 몸을 일으켰다.

"발목이야? 삐었어?"

"괜찮다니까."

"진짜지?"

"그것보다 저 남자 도망치고 있어."

현석이가 검지로 달리고 있는 테러범을 가리켰다.

"기껏 도와줬는데 미안해애!"

부축이라도 해주고 싶었지만, 테러범을 잡는 게 먼저였다. 사실 반쯤은 놓아줬다. 사람이 많은 곳에서는 무언가를 캐 낼 수 없으니까. 그리고 그가 태클을 걸어서 넘어졌을 때 반항이 없던 걸 봐서는 흉기를 가지고 있지는 않나 보다.

사람이 적어질 때까지 쫓다가 마침내 테러범 하나만 남게 되자 주저 없이 다리에 총알을 박아넣었다.

"아악!"

외마디 비명과 함께 테러범이 제자리에 쓰러졌다.

"초, 초, 초, 총을… 경찰도 아니잖아!"

"쉿."

눕힌 채로 몸통을 무릎으로 눌러서 일어나지 못하게 했다. 그리고 두 발을 전부 쏘아서 비어버린 실린더를 다음 칸으로 돌리고 탄이 있는 척 머리에 겨냥해서 협박을 시작했다.

"두 가지 선택지를 줄게."

"우으으…."

"첫째, 얌전히 불고 나에 대한 건 잊은 채로 살아나간다."

"(끄덕끄덕끄덕끄덕)"

과도하게 머리를 흔들었다. 하지만 둘째도 말하고 싶었다.

"둘째, 얌전히 불고 나에 대한 건 잊지 않은 채로 죽어서 나간다."

"(도리도리도리도리도리도리)"

"총을 쥔 내 얼굴을 보고, 살아있는 사람이 몇이나 될지는 알겠지?"

"(끄덕끄덕)"

눈물 콧물을 아낌없이 질질 짜는 테러범이 진정할 때까지 잠시 기다렸다.

"자아, 일 시킨 사람, 지금 어디 있어?"

"주, 주, 주차장에서 기, 기다리고 있겠다고 했어."

"네가 실패한 걸 보고는 도망쳤겠네?"

"(끄으덕끄으덕)"

"처음 만났던 곳은?"

"서울역, 길바닥에서."

노숙자라니 쓸데없는 정보네.

"테러에 실패하면 다음 계획은 있었어?"

"16시에 놀이공원 입구… 매표소에서 자폭… 테러한다고 했어."

"말려 볼 생각은 없지?"

"흐히… 히히히. 길바닥이든 감옥에서든 썩을 운명…."

"그리고 도망쳤다며? 왜 거짓말했어? 그냥 여기서 썩어야겠다."

재빠르게 실린더를 열어서 한 발을 장전한 다음 그가 반항하기도 전에 머리에 대고 쏘았다.

숨이 끊어진 걸 확인하고서 세컨폰에 딱하나 저장되어있는 연락처로 전화를 걸었다.

"여보세요?"

"…."

자주 전화해 본 것은 아니지만 항상 말이 없었다. 그래도 듣기는 하는 모양이었다.

"놀이공원의 경비원이나 어딘가의 경찰이 오기 전에 빨리 치워 주세요."

"…."

암살자라도 사이코패스가 되긴 싫어!

"그리고 곧 16시에 매표소 터진답니다."

끊고 나서 본 세컨폰 홈 화면의 커다란 아날로그 시계 위젯은 45분을 가리키고 있었다. 전자시계로 바꿀까 하면서 구급대원으로 위장한 시체청소부와 눈인사만 주고받고 현장을 빠져나왔다.

16시… 4시… 4시? 집합시간인데?

최소한 3개 반의 학생들은 놀이공원의 입구로 4시까지 집합할 것이다. 그리고 매표소 겸 입구 겸 놀이공원의 얼굴인 커다란 구조물이 폭발과 함께 넘어져서 100명이 넘는 이들을 덮칠 게 눈앞에 그려졌다.

다시 급해진 마음에 세컨폰을 꺼내 들었다가 내 핸드폰을 제대로 들고 현석이에게 전화했다.

"여보세—"

"너희 언제까지 집합이야?"

"4시."

"몇 개 반?"

"두 반. 왜?"

100명이 아니라 200명이 넘게 생겼다. 200의 인파를 막을 방법을 떠올려 봤다.

1번: 빠르게 뛰어가서 테러가 있을 거라고 고래고래 소리친다.

아무도 친구 없는 찐따의 말을 듣지 않을 거다.

2번: 빠르게 놀이공원의 방송실을 장악해서 방송을 내보낸다.

방송실이 어디지? 그것보다 지금… 11분 밖에 안 남았네?

3번: 하늘로 총을 쏴서 1대200의 협박을 한다.

용감한 시민이 여고생이라고 얕잡아 보고는 덮치는 거 아냐?

4번: 본보기로 하나를 쏘아준다.

이건 내가 잡혀가겠지.

모든 방법을 기각하는 동안 매표소 앞 광장까지 다다랐다. 내 사정을 모르는 어떤 곰돌이가 손을 흔들며 친한 척 다가왔다.

"아저씨."

그 곰돌이는 아저씨는 아니라는 듯이 몸까지 빙글빙글 돌려댔다.

"머리만, 아니 옷 좀 빌려주세요."

"왜?"

목소리를 들어보니 아저씨가 아니라 언니였다.

"그거 한번 써 보는 게 꿈이었어요."

"음… 그래! 그럼 잠깐만이야."

인형탈을 받아 입고서 재빠르게 도망쳤다.

"얘! 어디가?!"

"조금만 빌릴게요!"

"뭐라고?!"

머리가 두꺼워서 안 들리나?

기껏 분장을 성공했는데 말이 안 들리면 낭패니 주변을 두리번거리다 진행 중인 행사의 마이크와 스피커도 훔쳤다. 선이 연결되어 있으면 가능한 거리까지만 끌고 가려 했지만 운 좋게도 둘 다 무선이었다.

이게 볼륨? 맞겠지?

인형탈 덕에 글자가 잘 보이지 않아서 모든 걸 끝으로 돌려버렸더니 꽤나 큰 소리가 났다.

됐어!

바보 같은 인형 장갑은 던져버리고 주섬주섬 여섯 발을 장전해 세 발을 공중에 쏘았다. 저살상탄이라서 소리가 작긴 했지만, 총이라는 도구 덕에 관심은 충분이 끌 수 있었다.

"여러분?"

소리를 너무 키워서 조금씩 찢어지는 내 목소리가 매표소를 향했다.

"어… 총 맞기 싫으면 당장 제 뒤에 있는 광장으로 와 주세요."

그렇게 말해도 총을 들고 있는 사람을 지나치고 싶은 사람은 없을 것이다.

"3초 후면 제가 갑니다. 3, 2, 1."

세 발을 바닥과 공중에 마저 난사하면서 달려갔다. 사람들은 혼비백산이 되어 실린더의 6발을 전부 쏴버렸다는 것도 모른 채 내가 말했던 광장이나 매표소를 넘어 주차장으로 달려갔다. 순간 놀이공원의 입구가 굉음과 함께 주저앉았다.

3시 58분. 어지간히 급했나 보네.

한바탕 소동이 진정되기 전에 나는 자리를 피해서 인형탈을 벗었다. 폭탄을 살 정도의 능력이 있다면 진짜 자살테러를 할까 싶었지만 이제 내가 할 수 있는 일은 남아있지 않았다.

그때 세컨폰이 울렸다.

성공했다는 소식이면 좋겠는데 말이야. 아빠 번호?

"여보세요?"

"어어~ 그래, 잘 했다."

"잘 했다니?"

"여기서 차로 도망치려는 걸 잡았어."

핸드폰의 스피커 너머로 여러 가지 잡음이 들려오고 있었다.

"분명 자살테러라고 했는데?"

"저 콘크리트 더미에 깔린 시체 중 하나가 되고 싶었나 보지."

죽은 것으로 하고 자취를 감춘다…?

"잡아서 다행이네."

"어디 다친 데는 없지?"

"응."

"이따 집에서 보자."

"그러지 말고 자동차로 데려다주라."

"차로 박아서 막은 기라 도로를 달릴 꼴이 아니야."

"저번에는 늙었네, 어쨌네 하더니."

"남자란 말이야, 관에 들어가서야 비로소 늙었다고 하는 거다."

아빠가 오랜만에 재미를 봤는지 기분이 좋아진 모양이다.

"알았어, 집에서 봐."

통화하는 동안 눈치를 못 챘는데 내 핸드폰에 두 개의 부재중 전화가 와 있었다. 하나는 담임선생님이었고 하나는 현석이었다. 그들과 합류하려고 가는데 아까의 언니와 마주쳤다.

"언니?"

"어, 어, 어, 그, 그래…?"

"인형탈은 저기에 뒀어요. 그리고 나에 대해서 함구하는 대가로 선물이 통장에 들어갈 겁니다~"

굳어 버린 그녀를 뒤로하고 현석이에게 메시지 하나를 남겼다.

[2020년 6월 5일 16시 03분 생존신고.]

인파 사이에서 핸드폰을 확인하는 그가 얼핏 보인 것 같았다.


엄마에게서는 집 앞에 도착해서야 연락이 왔다.

"괘, 괜찮니?"

"아―"

아빠가 굳이 연락해서 현장에 있었음을 알리는 멍청한 짓은 하지 않을 거라는 게 머리에 스쳤다.

"응 괜찮아. 어떤 괴한이 나타나서 폭발 장소에서 사람들을 떨어뜨렸거든."

"용감한 사람이 있어서 다행… 다행이었구나."

"이미 집 앞이니까 걱정하지 마."

현관문을 열고 들어가니 아빠는 나보다 먼저 도착해 있었다.

나는 신발을 벗은 뒤 리볼버에서 탄피를 빼내다가 말했다.

"오늘 건 성공이야?"

"절반만?"

"왜?"

"절반은 내 몫이니까. 이 아빠가 잡았잖아."

"그, 그래, 그럼…."

"너 끝나면 데리고 오려고 갔다가 횡재했지 뭐니."

"데리러 온 거면 우리 차 가지고 박았어?"

"응. 그래서 말인데 부서진 김에 멋진 거 사게 돈 좀 빌려줄래?"

반년 전부터 아빠가 노래하던 차가 있었는데 엄마는 잘 쓰고 있는 차를 바꾸는 걸 못마땅해서 노래만 부르고 있었다.

"아무거나 타고 다녀. 자식한테 손 벌리는 건 좀 아니지."

"학비…."

"맞아, 내가 내."

"이 집을 누가 했는데."

"집도 살 수 있어."

"벌써?"

"진작부터."

"돈 많아서 좋겠다."

"인생은 돈이 전부가 아니야."

"…"

"그냥 한번 해보고 싶은 말이었어."

빼내서 주물럭거리던 탄피를 크로스백에 넣고 계단을 올라 내 방에 들어가서 크로스백에 있는 걸 도로 전부 바닥에 부었다.

쏘지 않은 세 발, 탄피 9개, 문 클립 두 개, 책자 하나, 물병 하나.

완벽하다.

사흘 뒤 월요일이 돌아왔다. 조회 전 애들은 주말 동안 서로 아무 말도 안 한 것 마냥, 현장학습에서의 폭발 사건에 대해 떠들고 있었다. 더 열심히 엿들어 보니 인형탈 괴한의 이야기를 하고 있었고 한쪽에서는 괴한의 정체보다는 총에 관한 이야기가 오갔다.

"그 총 스마트 리볼버 맞다니까."

"제식으로도 21년부터 지급되는데 그런 걸 어떻게 손에 넣었겠어."

공짜로 주던데.

"그 모양에 검은색이면 확실해."

"도망치느라 몇 발 쐈는지도 몰라서 4발이라고 벌벌 떨던 주제에."

"실수 좀 할 수 있잖아."

"확실히 M60으로 5발이었어."

"확실하긴 뭐가 확실해 확실히 스마트 리볼버가 맞아."

실탄인지 공포탄인지 고무탄—M60에는 사용 불가—인지도 구분 못 하면서 재미있게 떠든다 싶었다.

"자자, 조용. 에… 금요일 현장학습에서 불미스러운 일이 있었지만, 수업은 계속된다."

"아~ 쌤, 저 막 학교가 터질 거 같고 너무 무서워서 수업을 못 들을 거 같아요."

"어, 맞아. 혹시 그런 사람 있어? 있으면 선생님에게 꼭 말해라~."

장난으로 한 말이 얼떨결에 적중한 모양이다.

점심시간에는 여느 때와 같이 매점으로 향했다.

"저번에 암살사건도 그렇고 테러도 그렇고. 가까운 곳에서 일어나니까 무섭지 않니?"

"무서워서 달걀 샌드위치의 재고관리에 실패한 건가요?"

"없어?"

"네."

"무서워서 그런 것으로 해줘."

대신에 참치마요 삼각김밥을 사서 전자레인지에 데웠다. 따뜻한 삼각김밥을 들고 벤치로 가는데 울타리 너머의 그가 보였다.

"벌써 왔어?"

그는 내가 가까워지기를 기다렸다가 말했다.

"조금 일찍 나온 것 같았는데 너는 조금 늦었나 보네."

"삼각김밥은 데워 먹어 보려고."

"그러면 김이 눅눅해져."

"그래?"

까서 한 입 먹어 봤는데 그렇게 싫지는 않았다.

"괜찮은데? 오히려 밥이 따뜻해서 더 좋아."

"눅눅해…."

눅눅하든 밥이 맛있든 그런 건 둘째 치고 초코우유와의 궁합은 최악이었다. 달걀 샌드위치의 은은한 맛을 살려주는 단맛 같은 게 아니라 밥에 초콜릿을 비벼 먹는 기분이라서 결국 따로 먹었다.

"너희 학교도 금요일의 테러에 대해서 떠들고 있어?"

"그야 당연지사지."

"반 애들은 정체가 어쩌니 총이 저쩌니 하고 있던데."

"남고는 그런 시시한 이야기 따윈 하지 않아."

현석이는 갑자기 목소리에 멋을 내며 말했다.

"그럼?"

"그 녀석을 제압할 수 있냐 없냐가 중요한 거야."

이상한 생태계다.

"총을 들었는데 할 수 있을 리가."

"그러니까 대화의 주제로 더더욱 의미가 있지. 총을 뺏는다거나 총알을 피한다거나 손날로 쳐낸다거나 같은 허세… 이야기가 오가는 거야."

"너는 어떻게 했을 건데?"

"도망치겠지."

아, 하긴 그렇지. 이미 발목도 접질렸을 테고.

"만약 이라면?"

"그런 이야기를 좋아하는구나."

"가능성을 생각해 보는 거라면, 좋아해. 공상이라고 할 수도 있지."

큰 작전이 아니라면 내 계획은 스스로 짜야 해서 그렇게 됐다.

"총알이 다 떨어지기를 기다렸다가 붙어 봤을 거야."

"장전할 때를 노리려고?"

"맞아. 리볼버라서 느리잖아."

틀렸다. 한발만 넣고 다가오면 쏠 거다. 라고 아는 척하고 싶었지만 그럴 수는 없었다.

"좋은 생각이네. 그래도 이야기에 끼기에는 너무 현실적인 거 같아."

"바보 같은 이야기에 낄 만한 허세는 나에겐 안 어울려."

소매치기라고 하니까 바로 뛰어드는 걸 보면 어울린다고 생각한다.

"그러고 보니 소매치기는 어떻게 됐어?"

호랑이도 제 생각하면 나온다더니… 잊어버렸나 싶었는데….

"물건만 받아내고 보내 줬어."

목숨을 받아내고 지옥으로 보내 줬다.

"순순히?"

"기껏 놀러 왔는데 그런 곳에 시간을 써서 망치고 싶지는 않잖아."

"네가 그렇다면…."

나는 남은 초코우유를 빨대로 전부 빨아들이고 입을 열었다.

"이번 일요일이 후반기 첫 경기지?"

"알아두고 있었네."

"12시인 것까지 잘 기억해 뒀지."

"와 줄 거야?"

"시간이 있다면 지루한 주말을 때우러 가줄게."

"좋아! 꼭 이기는 걸 보여주겠어!"

그는 그렇게 말하고 자신의 학교로 돌아갔다. 팀의 사기를 생각해 보면 의욕이 확 떨어졌을 거 같으면서도 현석이가 저렇게 버텨준다면 후반기는 새로운 마음가짐으로 시작할 수 있겠다.


일요일, 경기가 끝나고 저번과 같이 나에게 공이 날아왔다. 10회 말 9대8로 그의, 현석이네 팀의 승리였다.

그는 조금 있다가 팀의 무리에서 빠져나와 나에게 달려왔다.

"연패 끊은 기념의 회식, 어때?"

"나도?"

"연습도 몇 번 도와줬는데 괜찮지 않겠어?"

"음…."

"혹시 선약이 있어?"

"아냐, 가자."

이러다 야구부 매니저까지 되는 거 아닐까 싶다.

"애들아 오늘은 내가 쏜다! 앞으로도 이겨보자!"

"와아!"


운동부의 회식은 역시나 고깃집이었다. 체육 선생님도 달콤한 승리에 한참 취한 모습이었다.

"야구는 언제부터 했어?"

"초등학생부터."

그의 말과 함께 불판 위에 올라간 삼겹살이 '치이이' 하는 비명을 질렀다.

"리틀…야구라고 하는 거?"

"맞아."

"생각보다 조그마할 때부터 했네. 계기 같은 게 있었어?"

"승전 기념 인터뷰야?"

"귀찮으면 말고."

"…텔레비전에서 야구 애니메이션을 해주길래 봤는데 재미있어서 챙겨보다 보니 그 주인공처럼 되고 싶었어."

"…."

"우스운 계기긴 해."


암살자라도 사이코패스가 되긴 싫어!

삼겹살의 비명이 끝나가자 그가 반대편으로 뒤집어서 다시 비명을 지를 수 있도록 도와줬다.

"미안. 그래서 그 주인공이 투수였어?"

"응. 애니메이션에서는 총알같이 회전하는 직구를 던져댔는데 내가 따라 할 수 있는 건 포크볼밖에 없더라."

"절반은 성공했네."

"1/3이야. 구속도 못 따라잡았거든. 그렇게 비교하면서 따라잡으려 해 봐도 나에겐 주인공 버프가 없다는 걸 깨달을 뿐이었어."

"그럼 따라잡기는 포기했어?"

"절대 포기 못 하지. 나중에 메이저리그에 진출해서 그런 바보 같은 공이 아니라 진짜 승리의 공을 던져 줄게."

오~ 자신감 넘치는 건 좋아도 '바보 같은 공에 몇이 움찔한 거 같은데 괜찮겠어?

"기대해도 돼?"

"당연하지."

말이 끝나면서 삼겹살도 하나씩 먹기 좋은 크기로 잘려나갔다. 나는 그것을 마늘과 함께 입에 집어넣었다.

"쌈장은?"

"아흐흐, 까아해어(깜박했어)."

쌈장을 깜박한 것보다는 고기가 뜨거웠다. 돼지가 다시 살아나서 입안을 뛰어다니고 있었다. 그다음부터는 천천히 식혀서 먹었다. 그러다가 화장실을 간다며 잠시 자리를 떴다.

선물을 줘 볼까.

"저기, 아주머니."

"예~."

"야구부 세 테이블 아직 계산 안 했죠?"

"그럴 거예요."

"제가 할 테니까 뭐라 말하지 말아 주세요."

생각해 보니까 누구를 위한 선물인가 싶긴 하다.

"알~겠습니다."

의사를 전하고 눈치채지 못하게 식당 안을 빙글빙글 돌아서 가려는데 감독이랑 눈이 딱 마주쳤다.

아 진짜. 눈치 왜 이렇게 좋아?

나는 자연스럽게 아무렇지 않은 척 입구로 나가서 기다렸다. 역시나 감독은 따라 나와서 옆에 나란히 섰다.

"아… 음… 어…."

"고맙게 받을게. 그런데 하나만 물어도 되니?"

"네."

"(암살사건이랑 놀이공원 테러 대피 소동, 너지?)"

입막음하려 팔이 자동으로 움직이려 했지만, 일반인은 내 정체에 대해 절대 알 수가 없다는 걸 되새겼다.

"(당신은?)"

"(무서워라… 나? 나도 너랑 같아.)"

"(선생님이 되고서 사람을 잘도 죽이는군요.)"

"(네가 오기 전까지는 그랬지.)"

"(제가 일거리를 뺏은 건가요?)"

"(아냐, 사실 선생님만 하기도 힘들어.)"

"(퇴근도 늦지 않고 주말도 보장되잖아요.)"

암살자라도 사이코패스가 되긴 싫어!

"(너야 밤을 새워도 학교에서 잘 수 있잖아.)"

조용히 말하려니 괜히 답답하다.

"주말은요?"

"수업구상 해야지. 그나마 수업이 익숙해지면 시간이 남는데 그럴 때나 잡일을 하곤 해."

"교사 월급이 적나요?"

"아직 5년밖에 안 됐으니까. 그래서 일한 거는 저금해 두고 있어."

"저금하면 어디에 쓰는 건가요?"

"집이나, 자가용이나, 결혼자금으로 써야지."

"연인이 있어서 좋겠네요."

"아니었어?"

"네?"

"아, 아니야. 그러는 너는 돈을 쓰는 거야?"

"어디에 써야 할지 몰라서 전부 모아뒀어요."

"이쪽에서 소문이 자자한 걸 보면 꽤 모았겠네?"

"그런가요?"

"(네가 날 몰랐던 것처럼 웬만한 요원들은 서로를 몰라. 굳이 숨기는 건 아닌데 서로 알 필요가 없긴 해.)"

"우리나라에서는 많은 인력이 필요한 사건은 안 일어나니까요."

대충 대화가 끊긴 것 같아서 식당으로 돌아갔다.

"무슨 얘기를 하고 왔어?"

"그냥, 이것저것."


다음 날의 경기도 구경 갔는데 그들은 다시 한번 승리를 쟁취해냈다. 이번에는 현석이가 마무리투수로 공을 조금밖에 안 던져서 아쉬웠지만, 그런 대로 휴식시간을 벌었겠지 싶다.

## ✧ 셋

"딸~ 낚시 안 갈래?"

"방학은 내일부터야."

"방학식이라 일찍 끝나잖아."

아빠가 아침 식탁에서 낚시를 제안했다. 물론 옆에 엄마도 있었다.

"나는 안 데려가?"

"휴가 내려면 더 있어야 하지 않아? 그때 또 같이 가면 되지."

"그래, 둘이 재미있게 갔다 와."

그렇게 새로 뽑은 차─결국에 어떻게든 긁어모아서 마음에 드는 걸 산 모양이다─를 타고 도착한 곳은······.

"역시 낚시는 아니었지?"

"두말하면 잔소리지."

분명 강도 있었지만, 눈앞에는 우람한 방탄 UTV가 서 있었다.

"그래도 난 아무것도 안 가져왔어."

"어차피 여기 다 있다."

트렁크에는 각종 총기와 탄창이 널브러져 있었다.

"이거 누가 이따위로 운반했어?"

"귀찮을 수도 있지~ 고장은 안 났을 거 아니냐."

"근데 나한테는 아무 연락도 안 왔는데."

"내가 몇 명 데려가라고 하길래 너 하나 데려온 거야."

"어째서 몇 명이 하나로 줄어들었어?"

"어려운 편이 재미있지 않겠어?"

아빠가 소총을 꺼내 들고 이리저리 만져댔다. 말은 그렇게 했어도 고장
났는지 확인하고 있었다.

"쏴보면 좋을 텐데."

"너는 뭐 쓸래?"

"기관단총."

"어디 보자… 이거랑… 이건가 보다."

주섬주섬 뒤져가며 입었던 방탄복에 아빠가 건넨 3개의 탄창을 끼웠다.
그리고 하나는 총에 장전했다.

"무슨 일이길래 이렇게 많이 줘?"

"완전소탕이 목적이야."

"산에 있는 비밀 벙커에서 두 조직이 엄청난 거래를 하는데 그걸 전부 잡
아라, 같은 거야?"

"비밀 벙커가 아니라 버려진 공장이지만 완벽했어. 두 쪽 다 없애야 하니
까 총알 아껴서 써."

말을 마친 아빠는 트렁크를 닫고 운전석으로 이동했다. 나도 따라서 조
수석에 앉았다.

부웅 하고 차가 흙길을 달리—끼익.

"왜?"

"소음기."

"주변에 아무것도 없잖아."

"산이라서 울릴지도 몰라."

"몇 탄창을 쏘는데 소용이 있을까?"

"그래도 되는 고급품을 줬겠지. 자… 맞네, 받아."

서로의 총기에 소음기를 끼우고서 다시 출발했다. 강줄기를 타고 올라가다가 얕은 개울이 나오자 그대로 넘어서 좁은 산길을 올랐다.

"저 건물이야?"

"응."

건물에서 우리를 볼 수 없게 언덕 아래에 차를 세운 다음 자세를 낮추고 입구 앞 외벽까지 신속하게 붙었다.

"(언제 들어가?)"

"…."

안쪽에서는 대화 소리가 작게나마 새어 나오고 있었다. 아직 거래 상대가 오지 않은 모양이었다. 그때 두 발의 총알이 순차적으로 날아왔다.

"(뭔가 잘못된 거 같다.)"

"(총알도 피할 줄 아네—엑.)"

아빠가 내 몸을 끌어당겨서 모퉁이를 돌아 자리를 벗어났다. 공장 내부에서도 총알이 땅에 박히는 소리가 들렸는지 술렁거리기 시작했다.

"(하나, 둘, 셋 하면 뛰어들어가서 공장을 제압한다.)"

"(끄덕끄덕)"

"(준비), 출발!"

어?

"같이 가아아!"

타다다다당 총을 갈기는 소리에 내 말은 묻혔다. 고급품이라면서 내구성만 좋은 건지 건물 내부라 그런 건지 소총은 소음기가 있어도 시끄러웠다.

"왼쪽!"

아빠의 신호에 왼쪽을 바라봤더니 누군가가 일본도를 들고 진지한 표정으로 뛰어오길래 쏴버렸다.

도검 소지 허가증 따윈 없었겠지.

정신을 다잡고 총을 견착 한 다음에 하나씩 쓰러뜨려 나갔다.

"애네는 총이 없어서 다행인데 밖에 있는 놈들은 어떡해?"

"거래 물품이 여기 있으니까 들어오려고 하긴 할 거다."

"빨리 정리해야겠네."

말이 끝나기가 무섭게 전방으로 뛰어들어서 숨어있던 녀석들의 머리에 총알을 박아 넣어줬다.

"오른쪽으로 셋이 도망쳐!"

"알겠다."

나는 왼쪽을 봐야…지?

"우왁! 왔어! 왔다고!"

왼쪽으로 나간 놈들이 동시에 픽 하고 쓰러졌다. 밖에서 우릴 쐈던 녀석들이 온 모양이다. 일단 총알에 머리가 뚫린 녀석들이 있던 곳에 그대로 은폐했다.

"누구야! 누가 망치려 들었어?!"

문신 돼지가 고래고래 소리치며 들어왔다.

"(거, 되게 시끄럽네.)"

암살자라도 사이코패스가 되긴 싫어!

그 목소리가 마음에 들지 않았던 아빠가 팔만 내밀고 한 발을 쏘아서 복부에 명중시켰다.

"허, 형님!"

그렇게 불러 봐라, 이미 뒈졌지.

"이놈들이!"

피잉! 땡그랑.

땡그랑?

내 옆에 초록색 물체가 떨어졌다.

"으아아아! 너네나 받아라!"

재빠르게 집어서 던졌지만, 적들이 받을 거리까지 날아가지는 않았다.

"브라보, 짝짝짝."

"박수 칠 시간 있으면 저 녀석들이나 쫓아!"

수류탄 덕에 심장이 터질 것 같아서 가슴을 부여잡고 말했다.

"섣불리 나갔다가 벌집 된다."

"그럼 어떡해?"

"기척을 읽어."

"우리가 닌자도 아니고."

어? 뭔가 느껴지나?

아빠의 말에 주위가 조용해진 걸 깨닫자 시각과 청각, 후각이 아닌 무언가 다른 방법으로 주변이 읽히기 시작했다.

"(완전히 포위됐어.)"

"(총을 든 놈은 얼마나?)"

"(두셋? 세 개의 입구에 하나씩은 있는 것 같아.)"

"(가장 적은 입구는?)"

"(내가 보는 방향, 다섯.)"

"(뚫자. 엄호해.)"

"뭐?"

아빠가 주시하던 쪽의 반대, 내 앞으로 몸을 돌려서 뛰쳐나갔다. 그리고 앞뒤 방향에서 총을 든 자들의 움직임이 느껴졌다.

"그쪽이 먼저야!"

신호를 보내고서 나는 뒤쪽을 조준하고 이내 튀어나오는 놈을 눕혔다. 그가 들고 있던 권총이 바닥에 떨어졌다. 아빠도 거의 동시에 처리했는지 총성이 겹쳤었다.

"총 줍기 전에 너도 따라 나와!"

진입했던 곳으로 다시 나오니 간발의 차이로 총알이 스쳐 지나갔다.

"후유…."

아직 긴장을 풀지 말라는 말 대신에 아빠가 오른쪽 모퉁이로 세 발을 쏘았다. 그게 마지막 총알이었는지 소총을 등에 메고 바닥에 떨어진 권총을 주웠다.

"벌써 다 썼어?"

"30발들이라서 무겁길래 두 개만 챙겼더니 벌써 다 썼네."

"그것 몇 발 남았는데?"

"하나, 둘, 셋, 넷―뒤!"

적이 전부 뒤에서 몰려왔다. 개중에 권총을 든 둘이 앞장서길래 먼저 쏴 버렸다.

"…일곱, 여덟."

"총알 셀 때가 아니잖아!"

"팔, 칠, 육, 오, 사, 삼, 이―"

틱틱틱.

"―잘못 쎘네."

"괜찮아 죄다 누웠어."

총알이 아까워서 확인사살은 하지 않고 총기만 회수했다. 그동안 아빠는 본부에 연락해서 청소부들을 부르는 모양이었다.

"가자."

"집에?"

물론 집은 아니었다.

"우아아앙아! 조심히 운전해 봐!"

"길이 원래 험해."

우리는 강변을 따라서 차를 타고 도망치는 잔당을 쫓게 됐다.

"저 차 분명히 방탄 바퀴야!"

"그냥 못 맞췄겠지."

"민가까지 가면 어쩌려고 여유 부려?!"

"빨리 끝내고 싶으면 운전자 쏴버리고 두목이 아니길 빌어보라니까?"

두목은 꼭 생포하라고 했었다.

"이 차로는 안 부딪힐 거야?"

"비싸. 그리고 이 속도에서 부딪히면 둘 다 많이 다쳐."

나는 마지막 탄창을 갈아 끼우고 바퀴를 향해서 난사했다. 이때쯤 되면 바람에 날리는 머리카락 덕에 사실상 조준도 불가능했다.

"제바알! 맞아라아아아!"

그때 뒷바퀴가 가라앉는 게 보이더니 이내 강으로 처박혔다.

"멋진데?!"

"어… 거기 네 분? 나와주세요."

"안 나오면 타이어처럼 구멍 내 준다고 한다."

"(트렁크에서 총알 더 꺼내와?)"

"(귀찮으면 말고.)"

차 안에서 다섯 명이 주섬주섬 나오며 모습을 드러냈다.

"당신들은 특별히 저승사자가 아니라 경찰한테 인도해 드릴게요~."

"(진행하는 거 재미있나?)"

세컨폰으로 112에 나쁜 사람들을 잡았다고 연락했다. 발신자 표시제한이라 장난 전화인 줄 알고 믿지 않는 눈치여서 두목을 밝혀낸 다음에 술술 불게 했더니 스피커 너머로 우당탕 소리가 나며 당장 오겠다고 했다.

"아빠, 수갑 같은 건 없어?"

"등산용 밧줄은 있었어."

"내 미술 실력을 보여줄게."

트렁크를 뒤져서 꺼낸 밧줄로 그들의 발목을 이었다. 눕혀 놓고 보니 사람 하나하나가 꽃잎이 되어 꽃을 이루는 것처럼 보였다.

"전혀 꽃 같지 않다."

"저 사람들의 인간성이 문제라면 작품명은 범죄의 꽃이야."

"좋은 제목이네."

"저러면 확실히 못 도망치겠지?"

"(끄덕끄덕)"

우리는 그들을 두고 타고 왔던 차가 있는 곳으로 향했다. 도착하니 심부름꾼이 UTV를 끌고 사라졌다.

"낚시할래?"

"낚싯대 챙기긴 했어?"

"일찍 끝나면 하려고 했지. 마침 시간도 적당하잖아."

암살자라도 사이코패스가 되긴 싫어!

"좋아."

아빠가 낚시를 좋아해서 내가 어릴 때는 자주 따라다니기도 했는데 지금은 오랜만이다. 마지막에 따라갔을 때부터 2년이 넘었으려나?

"지렁이는 여기 있다."

지렁이는 고사하고 나는 낚싯대부터 고전 중이었다.

"이거 어떻게 풀어?"

정확히는 릴이 마음대로 움직이지 않았다.

"여기를 이렇게… 하면… 오케이?"

"응."

낚싯줄에는 이전에 쓰던 바늘과 추, 찌가 달려 있었다.

"이거 그냥 써도 돼?"

"어. 저번에도 민물에서 썼던 거야."

아빠는 답을 해주며 이미 낚싯대를 드리우고 있었다.

이제, 지렁이….

"난 지렁이 말고 떡밥이 좋은데."

"환경에 안 좋아."

한 번 만지면 거부감이 사라지지만 오랜만에 꿈틀거리는 조그만 것을 손으로 집으려니 살짝만 잡아도 터져 버릴 것 같았다.

"으에에."

"끼워줘?"

"아…냐, 끼웠어. 나는 저기에다 던지면 될까?"

"그것보다 살짝 멀리."

검지로 가리키는 팔을 아빠가 그대로 옮겨서 위치를 지정해줬다.

"뭐가 잡히려나."

"붕어나 잡히겠지."

그렇게 한 시간, 두 시간, 세 시간이 흘렀다.

"왜 아무것도 안 잡혀?"

미끼는 스무 번을 넘게 바꾼 것 같다.

"너만 못 잡는 거야."

아빠는 미끼 하나에 한 마리씩 5마리나 잡아냈다.

"나, 갈래."

"그래, 가자."

말을 마치고는 아빠가 망에 넣어뒀던 물고기를 그냥 풀어줬다.

"아까워."

"민물고기는 흙냄새 나서 맛없어."

"물고기가 다 똑같지."

집에 돌아와서도 엄마가 아깝다고 하자 아빠는 똑같은 말을 반복했다.

"바다낚시였으면 그 자리에서 세 마리는 사라졌을걸?"

그리고 이 말도 덧붙였다.


가족 여행은 몇 주 뒤에야 갔다. 개학까지 일주일도 채 남지 않았을 때였다.

"(이번엔 아무 일도 없는 거 맞지?)"

"(그럼 그럼.)"

"(놀이공원도 그렇고 놀러 갈 때마다 일하니까 차라리 집이 좋겠다는 생각이 들어.)"

"(리조트니까 집처럼 편하게 있어.)"

"(무슨 소리야 리조트인 만큼 일할 때보다 열심히 놀아야지.)"

암살자라도 사이코패스가 되긴 싫어!　　　　　132 / 133

"하하!"

"…? 둘이 재미있는 이야기 했어?"

뒷자리에서 자고 있던 엄마가 아빠의 웃음소리에 깼다.

"별로 재미없었어."

"그러면 더 잘 테니까 조용히…"

"많이 안 좋아?"

엄마가 자고 있던 이유는 멀미 때문이었다. 앞자리에서도 멀미해서 결국 뒷좌석에 완전히 누워버렸다.

"휴게소에 세워줘?"

"그냥, 자면, 돼. …아니다, 점심 겸 들러."

"예이~ 여사님."

휴게소 하면 라면이기에 라면으로 점심을 때우고 나서 리조트에 도착했다.

"이게 동해안이야? 물 색깔 진짜 좋다!"

"그럼~ 괜히 강원도까지 온 게 아니지~"

특히 운이 좋았는지는 모르겠지만 바다 빛깔이 동남아의 해변 관광지 못지않았다. 리조트 내부에 수영장이 있어도 바다에 나와서 놀고 싶을 정도였다. 근데 소금기랑 왔다 갔다 할 생각하면 그냥 수영장이 나을 거라는 생각도 들었다.

방에서 짐을 풀며 내다본 창밖도 장관이었다. 점점 사람이 늘어나더니 해수욕장이 가득 차 버렸기 때문이다.

"수영장이나 가자."

"응. 엄마는?"

"음… 다리만 담글게."

오랜만에 진짜 휴가라는 생각에 수영복으로 빠르게 갈아입고 수영장으로 뛰어갔다. 물론 수영장 입구까지만 뛰었다. 넘어지면 다치니까.

"이야!"

깊은 곳을 신중하게 고른 다음에 풍덩 하는 소리와 함께 물에 빠졌다. 잠겼던 몸이 떠오르고 주변을 둘러보니 해수욕장보다 훨씬 쾌적했다.

"아빠도 간다—악!"

아빠는 넘어지면서 안면입수를 감행했다. 물깨나 먹지 않았을까 싶다.

"물로 넘어져서 다행이네."

그런 말을 하면서 살며시 걸터앉은 건 엄마였다.

근데 수영장에서는 뭐 하고 놀지? '수영'장인 만큼 수영이나 해야 하나?

생각해 보니 물놀이할 친구는 아빠밖에 없었다. 살짝 눈물이 흐를 거 같기도….

어? 아? 쟤 누구였더라?

뭔가 익숙한 얼굴이 두리번거리는 내 눈에 비쳤다. 일단 내가 발각당하지 않게 푸르르르 잠수했다.

우리 반에, 수빈이었나? 무슨 수빈이었지? 김수빈, 아니, 박수빈… 그래 박수빈.

이름을 기억해 냈으니 물 밖으로 나와서 숨을 한번 들이마시고 다시 잠수했다. 이번엔 대처 방법이었다.

쟤가 친한 척하지는 않겠지? 안 친한 게 사실이니까. 그냥 무시해? 무시했다가 학교에서 서로 불편해지는 거 아니야? 편한 사이는 아니었긴 한데… 내가 이런 걸 왜 신경 쓰고 있지? 친구 관계야 어찌 되든 상관없었잖아. 안 그래? 맞아. 그래.

그렇게 머릿속을 정리하고 물 밖으로 머리를 내밀—다시 집어넣었다.

쟤가 왜 여기 있어? 나야? 나 만나러 온 거야? 왜?

"――――"

"―――― ――――"

"―――――― ―――――――― ――"

"――――――"

아빠랑 이야기하고 있어? 아까 숨 못 마셨는데—

"—푸하!"

"물속에서는 소리가 잘 안 들리긴 하잖아요."

"이제 나왔네."

아마도 아빠랑 수빈이가 나를 부르고 있었나 보다. 엄마는 계속 발로 물장구만 치고 있었다.

"안녕, 솔이 맞지? 이런 데서 보는구나."

그녀는 반에서도 조용한 친구들이랑 놀아서 이런 식으로 먼저 다가올 거라고는 생각하지 못하고 있었다.

"으응."

수영모도 제대로 썼는데 물 밖에서 잘도 알아챘네.

"잠수하는 걸 좋아해? 한참이나 물속에 있는 거 같던데."

"오, 오랜만이라서."

새, 새, 새 친구도 오랜만이라서. …왜 다가온 걸까?

"음료수나 마시러 가자."

"음료수?"

라고 말하며 천천히 물 밖으로 나오자 그녀가 날 끌고 자판기로 향했다.

"우와앗! 천천히 가도 되잖아."

"혹시 따라오실까 봐."

"둘이서만 할 이야기가 뭐야?"

셋

"그게… 미, 미안해. 학교에서, 반에서 도와주지 못해서."

착한 녀석일세.

"익숙해서 괜찮아."

"그런 거에 익숙해지면… 안 돼."

어릴 때부터 함께했던 지은이는 하지도 않던 말들을 만난 지 얼마 안 된 애들이 서슴지 않고 한다. 나는 혼자가 편한데 말이다.

"그 말 하려고 왔어?"

"(도리도리)친해지고 싶어서 왔어. 학교에서는 그… 분위기 때문에 다가갈 수 없었거든."

"무시하는 분위기 밖에 못 느꼈는데 그게 그렇게 큰 거야?"

"그것도 그렇지만 뒤쪽에서 이런저런 말들이 오가니까…."

"그래?"

"학기 초에 이상한 쪽지, 처음 보는 어떤 여자애가 놓고 갔었어."

"질투라면 나를 좋아하는 사람도 없을 텐데."

"그저 놀리는 게 재미있던 거겠지."

"성격이 나쁜 아이네."

"마실래?"

그녀가 열심히 조작하던 자판기에서 음료 두 개가 덜컹거리며 떨어졌다.

"고맙게 마실게."

"네 머리카락이랑 눈을 볼 때마다 떠올랐던 건데 알비노야?"

"같은 생각이긴 한데 어디에 물어본 적은 없어."

"눈 색깔 진짜 예쁘다."

"그렇게 바라보면 부담스러워."

수빈이는 나보다 눈높이가 낮아서 까치발을 들고 얼굴을 가까이했다.

"남자애들한테 인기 많았을 거 같아."

"슬프겠지만 단 한 번도 그랬던 적은 없어."

"흐음… 거짓말."

내 주위를 빙빙 돌며 관찰하고는 말했다.

"이제까지 내 주위에 있던 건 소꿉친구 하나뿐이었으니까."

"그러면 걔는?"

"걔?"

"점심시간마다 찾아오는 애."

"그냥 친구야."

"그냥 친구가 점심시간마다 거르지 않고 다른 학교에서 찾아와?"

"혼자 벤치에 앉아있는 게 쓸쓸해 보이나 보지."

"쓸쓸하다는 건 아는구나."

"내가 쓸쓸한 게 아니라 남들이 보기에 말이야."

"서현석이랑은 언제부터 알고 지냈어?"

"푸웁!"

애는 어떻게 알고 있지?

"왜?"

"아, 아냐. 너는 현석이랑 아는 사이야?"

"같은 중학교였거든."

아~ 그런 간단한 이유가! 주변 학교에서 온 애들은 별로 없어서 그럴 경우를 무시하고 있었네.

나는 질문에 대답하기 전에 다 마신 음료수 캔을 자판기 바로 왼쪽의 쓰레기통에 버리고 자판기 오른쪽에 있는 의자에 앉았다.

"현석이가 일방적으로 친한 척한 거야. 입학한 지 며칠 안 지나서부터였어."

"현석이라고 부르는구나."

"현석이니까 현석이라고 부르지…?"

"그냥 친구인데 성을 빼고 부르나 해서. 사실 많이 친한 거 아냐?"

"그런 의미가 있었어?"

"나처럼 신경 쓰는 사람도 있고 그런가 보다~ 하는 사람도 있어. 게다가 친구 이름을 안 불러본 지 꽤 됐겠구나."

"맞아."

"어라, 나 어째서 눈물이."

그런 말을 뱉은 그녀는 흑흑거리며 우는 척을 했다.

"(토닥토닥)"

"…이렇게 해도 위로받을 쪽은 내가 아닌 거 같아."

"흥"

코웃음이 저절로 나왔다. 그때 풍덩 하는 소리와 함께 누군가가 다이빙 했다.

"다이빙 한번 제대로네."

솟아오른 물기둥이 일품이었지만 정작 수빈이는 장난치느라 보지 못했나 보다.

"나도 해 볼까? …저 사람 안 나오는 거 같지 않아? 떨어진 지 얼마나 지 났어?"

20초는 족히 넘었을 것이다.

그녀의 말을 듣고 내가 달려가는데 10초가 더 걸렸으니 30초 동안 떠오 르지 못했다면 확실하다.

안전요원 없어? 튜브는 이미 가라앉아서 소용없는데.

망설임이 없었다고는 할 수 없겠지만 빠르게 뛰어들었다. 물안경을 벗어

뒤서 힘겹게 눈을 뜬 물속에는 다리의 움직임이 이상한 남성이 숨을 뽀글뽀글 내뱉고 있었다.

준비운동을 제대로 했어야지. 하다못해 빠졌으면 가만히 있던가. 자세만 잡아도 떠오를 텐데.

상태를 확인했으니 물 위로 고개를 내밀고 숨을 한껏 들이킨 다음 남성의 뒤편으로 잠수해서 이동했다. 물속에서 붙들리면 가차 없이 나도 꼬르륵 이기에 주의하며 다가갔지만 그는 이미 추욱 처진 뒤였다. 그래도 혹시의 혹시로 등 뒤에서 잡고 물 밖으로 끌어냈다. 따라온 수빈이가 그것을 도왔다.

음… 가슴 압박?

"내가 사람을 불러올게!"

라고 해도 이미 우리 아빠랑 엄마나 수영장에 있던 사람들은 전부 모여 버렸다.

"너, 운동신경이 좋아도 위험하다고 안 배웠어?"

차분하게 가슴 압박을 시작한 아빠와는 달리 엄마는 걱정을 많이 했나 보다.

"나는, 안, 빠질, 거, 라고, 믿고, 있었, 지."

"당신도 안전 불감증이야."

"구하는, 방법을, 알고, 뒤에서, 잘, 끌고, 나왔구만. 칭찬을, 해, 줘야지."

가슴 압박을 한 지 1분이 넘어가자 남성은 물을 뱉으며 깨어났다. 이내 그의 연인도 급하게 도착했다. 수빈이가 불러온 리조트 관계자는 난처한 표정이었다.

"감사합니다, 감사합니다."

"제가 아니라 딸이 구했습니다."

그러면서 아빠는 내 두 어깨를 잡고 자신의 앞으로 옮겼다.

"고마워, 정말. 어떻게 답해줘야 할지…."

"하, 할 일을 했을 뿐인걸요."

아, 할 일이라니, 멋있어.

정신을 차린 남성도 감사 인사를 전하고 수영장 밖으로 사라졌다. 이후에는 말단 관계자의 의미 없는 사과만이 이어졌다.

"너는 여기에 얼마나 있을 예정이야?"

"2박 3일."

"그렇구나. 우리도 2박 3일인데 어제 왔었거든. 남은 시간 동안 친해질 수 있으면 좋겠다. 아까 멋졌어!"

"응…."

자축으로 한 말과 느껴지는 무게감이 달랐다.

다음 날은 점심까지 수빈이와 이야기하다가 가족끼리 돌아가는 것을 배웅하고 방 안에서 트위치 다시 보기를 돌려보며 경치와 함께 느긋한 시간을 즐겼다.

이번 여름방학은 친구 하나를 사귄 것으로 만족하라며 빠르게 지나가는 줄 알았으나.

"여보세요?"

"쿨럭, 쿨럭. 으어어… 훌쩍."

"할 말 없으면 끊을게."

현석이가 전화해놓고 기침만 해대자 무슨 일인가 싶었어도 개학을 이틀 남긴 월요일의 낮잠이 더 중요했다.

암살자라도 사이코패스가 되긴 싫어!

핸드폰을 머리맡 책상 위로 옮긴 다음 눈을 감으니 책상이 떠나 갈듯이 진동이 울렸다.

깜짝이야.

[도와줘 ○○아파트 2동 1502호.]

설명 안 해줘도 잘 아는데.

[네 친구나 불러.]

[감기 옮는다고 오기 싫대.]

[친척은?]

[전부 멀리 살아.]

[나는 안 옮는다고 생각해?]

[병원 가는 것만이라도 도와줘.]

[병원쯤은 혼자 가.]

[우웩 콜록 콜록.]

[생동감이라고는 하나도 없어.]

[(대충 많이 아픈 이모티콘)]

[소용없어.]

[(눈물 흘리는 이모티콘)]

으음… 귀찮은데.

그래도 옷을 주섬주섬 챙기는 나였다.

"나갔다 올게."

"어~."

엄마는 휴가가 끝나서 직장에 있고 아빠는 내가 어딜 가든 꼬치꼬치 캐묻지 않는다. 일 때문이기도 하지만 어디서 당할 허약은 아니니까. 그나저나 여길 또 오게 될 줄은 몰랐다.

아파트의 현관에 들어서서 엘리베이터를 탈지 계단으로 갈지 고민하다가 요새 나태해졌다 싶어서 계단을 오르기로 했다.

하나, 둘, 셋, 넷… 스물, 스물하나. 한 층에 스물하나니까 앞으로 14층. 294개의 계단이 남았다. 오랜만에 움직이니 심장도 기분 좋게 두근거렸다.

헬스장이나 다시 다닐까.

[문 앞이야.]

집 안에서 조그맣게 알림 소리가 들려오더니 이내 우당탕거리며 나온 그가 좀비같이 문을 열어줬다. 그는 눈을 마주치자 어쩔 줄 몰라 하다가 신발을 꾸깃꾸깃 신었다. 나갈 준비는 마쳐놓은 모양이었다.

아직도 만나는 걸 부끄러워할 시기인가?

"아…."

엘리베이터를 타고 내려가는 동안 한참을 아… 거리길래 물어봤다.

"코 막혀서 그래?"

"아… 머리 아파… 훌쩍."

"심해지기 전에 빨리 갔다 오지 그랬어."

"갔다 왔는데… 자고 일어나니까 열도 나더라."

본능적으로 한 발자국 떨어져서 걸었다.

"그래서 마스크 열심히 쓰고 있잖아… 불안하면 너도 써."

"답답해."

야구모자—학교 팀 모자—를 푹 눌러쓰고 마스크를 낀 그는 아무리 봐도 수상해 보였다. 이 모습을 거울로 보고 아니다 싶어서 동행자를 구했는지도 모르겠다.

"쿨럭, 쿨럭."

병원까지 오면서 몇 번 심하게 기침을 하더니 목도 나가버린 모양이라 내가 대신 접수해줬다.

"서·현·석. 제가 아니라 얘예요."

왼쪽 검지로 오른쪽에 있는 그를 가리키며 말했다.

"생년월일이?"

"공사공팔일칠."

"이천사년 팔월 십칠일 생 서현석 맞죠?"

"네."

"(끄덕끄덕)"

"이제 왔던 것처럼 감기?"

"(끄덕끄덕)"

"올해에는 유독 여름 감기 환자가 많아서, 보다시피 기다리는데 좀 걸릴 거예요~."

"(끄덕끄덕)"

기다리는 곳을 둘러보니 죄다 마스크를 쓰고 콜록대고 있었다. 그래도 앉을 자리는 남아있었다.

[내 생일 어떻게 알았어?]

어…음…아…아!

"카톡에 나와 있잖아."

[그런가.]

부모님이나 지은이의 생일이 다가오면 프로필 옆에 생일 표시를 해 주길래 의심받지 않게 무작정 질렀다. 그리고서 인터넷에 '카톡으로 생일 알아내기' 같은 평생 쓰지 않을 검색어를 입력하고 찾아냈다.

대화창—플러스버튼—캘린더—집 모양 버튼

순서대로 들어가 보려고 외우고 나서 카톡을 키니 그의 프로필 옆에 생일 표시가 있었다.

맞다, 오늘이 17일이었지.

[그런 것도 알고 있구나.]

기다리다가 지루해졌는데 할 게 없는지 10분이 넘게 지난 이야기를 꺼냈다.

[네 생일은 언제야?]

"챙겨주게?"

[친해지면 생각해 볼게.]

"쿨럭."

이 기침 소리는 내 것이 아니다.

[아야 왜 때려 환자를.]

"네 주제를 알라."

[소크라테스는 '너 자신을 알라'라고 했어.]

"알 바야."

이윽고 그를 부르는 목소리가 들려왔다.

"나도 가?"

그는 힘없는 손으로 내 팔을 이끌었다.

내가 가서 뭐해?

"보호자 분?"

"친구예요."

의사는 그것만 물어보고 나에 대해 더는 신경 쓰지 않았다.

"오늘 생일이네?"

"(끄덕끄덕)"

"증상은 어때?"

그는 웅얼거리다가 나와 대화할 때처럼 핸드폰에 써서 의사에게 보여줬다.

"오늘 아침부터 열이 나더니 오다가 목이 부어서 말도 안 나온다. 아~ 해 보자."

마스크를 내리고 아~는 뺀 채로 입만 벌렸다. 그리고 청진기도 대 보더니 알려준 증상과 일치하는지 약을 새로 처방받고 진료는 빠르게 끝났다.

"약 타고 데려다준 다음에 나는 돌아갈게. 엄마가 집에 와서 이것저것 캐물으면 곤란하거든."

[남자친구라고 해.]

"뭐래."

[그냥 친구는?]

"친구 없어."

[저기 나 부른다.]

내 이름이 아니라서 못 듣고 있었나 보다. 약 정도는 스스로 받지.

돌아가는 길에 그는 더욱더 좀비 같아졌다. 이제는 좀비라기보다 슬라임처럼 녹을 것만 같았다.

나왔던 게 무리해 버린 걸까? 안 나오고는 약도 처방 못 하는데. 해열제로 버텨보라 할 걸 그랬나?

"난 간다~."

그는 '으어…'와 함께 끄덕거리며 현관문 너머로 사라졌다. 갈 때도 계단을 쓸까 싶었지만 내려가는 건 별 도움 안 될 거 같아서 엘리베이터를 타기로 했다.

내가 집에 도착해서 방에 올라가자마자 엄마가 퇴근을 마쳤다. 셋이 식탁에 둘러앉아 저녁을 먹고 8시 트위치 방송 시간에 맞춰서 침대에 누워 핸드폰을 들었다.

오늘은 발로란트? 하아, 노잼인데.

그냥 끝까 싶었지만 기다리면 있을 마인크래프트 콘텐츠를 위해 참기로 했다.

으음… 으으으으으음….

"지은이네 놀러 갈게~!"

"이 시간에?"

"개학기념 파자마 파티!"

"생활 리듬 깨지지 않게 밤새우지는 말아라."

"웅!"

파자마를 챙기지 않고 파자마 파티를 한다며 나와서 먼저 향한 곳은 빵집이었다.

초코케이크, 고구마 케이크, 치즈 케이크, 녹차 케이크? 맛없을 거 같은데 사 먹는 사람이 있나? 역시 생크림 케이크가 적당한가? 근데 느끼한데… 치즈도 느끼하긴 마찬가지네. 달콤한 초콜릿으로 하자.

"이거, 초콜릿 케이크 주세요."

"네~ 초도 드릴까요?"

"열일곱 살로요."

"맛있게 드세요~."

공짜로 주는 초라서 기다란 초 하나와 짧은 초 일곱 개를 줄 줄 알았는데 귀여운 숫자 초를 담아줬다. 너무 늦어서 그가 잠들어 있지 않도록 빠르게, 하지만 케이크가 엉망이 되지 않도록 조심히 걸음을 재촉했다.

[문 앞이야.]

[저승사자인가요?]

다음 농담을 기다렸지만, 문은 열리지 않고 문자 한 통이 더 왔다.

[1478963]

띡, 띡, 띡, 띡, 띡띡띡, 띠리리릭.

핸드폰을 든 손으로 현관문을 닫으려 했는데 이상하게 잘 안 당겨져서 케이크를 내려두고 빈손으로 닫았다.

"혼자 있어도 불은 켜 놓고 살지?"

꺼져있는 거실의 전등 덕에 그가 있는 방에서는 빛이 새어 나오고 있었다.

[방문은 열려있어.]

"아직도 목이 안 좋아?"

말을 하면서 열어젖힌 방문 아래에는 초코파이 여러 개가 쌓여서 이루어진 무언가가 있었다. 초는 꽂혀 있지 않아서 그것이 DIY 케이크라는 건 그의 설명을 듣고 나서야 알아챘다.

"말은… 할만… 해."

쉰 소리는 여전했다.

"저건 뭐야? 먹고 싶다는 충동으로 까 놓기만 했어?"

"처량해 보이겠지만 오늘을 축하하는 의식의 제물이야."

"?"

모르겠다는 뜻으로 눈썹과 어깨를 올렸다.

"케이크. 좋게 말하자면 수제 케이크?"

"수제…."

맞다, 케이크.

"어디 가? 너무 슬퍼서 그러는 거야? 화장실이라면 이 방 나가서 바로 앞에 있는 문이야."

틀렸다는 말을 전하고 아까 내려놨던 케이크를 들고 돌아왔다.

"무슨 케이크야?"

"무슨 케이크게~?"

"보나 마나, 가장 달콤해 보여서 고른 초콜릿 케이크겠지."

"알면서 왜 물어봤어."

앉은뱅이책상이 어디 있는지 물어보려 했다가 그냥 케이크 상자를 바닥에 두고 위에다가 케이크를 올려서 초를 꽂았다. 그동안 그는 흐느적거리면서 침대에서 내려와 내 반대편에 양반다리를 하고 앉았다.

"그렇게 좋아하던 소원 빌기 타임이야."

"쿨럭. 네가 옮지 않기를 빌어줄게. 훌쩍."

"마음대로 해."

그는 손을 모았다가 이내 후 불어서 촛불을 껐다.

"짝짝짝짝짝."

"훌쩍. 불 끄는 걸 깜박—콜록—했네."

"뭐 어때~."

"근데 말야, 미안한데 케이크를 넘길 목 상태가 못 돼."

"냉장고에 넣어둘게, 나중에 먹어."

거실의 전등 스위치를 찾지 못해서 어둠을 헤치며 냉장고까지 도달했다. 냉장고의 안은 반찬을 해 먹는 편인지 텅텅 비어있지는 않았다.

목 상태가 안 좋댔지. 죽을 만들 재료가… 그냥 사 오자. 아까 올 때 죽가게도 들렀으면 좋았을걸.

죽을 사 오려고 벗어두었던 신발을 신는 중에 핸드폰이 울렸다.

[축하만 하고 가?]

[갔으면 좋겠어?]

대충 던진 말인데 답장은 돌아오지 않았다. 그렇게 밤길을 걷는데 다시 핸드폰이 울렸다. 지은이었다.

"여보세요."

"내일 놀래? 개학기념으로. 노래방 가자!"

개학기념… 역시 생각하는 게 항상 똑같다. 변명을 잘 선택한 모양이다.

"시간 없어."

"또 바빠?"

긍정의 대답을 하고 전화를 끊으려 했다가 만약을 위해서, 지은이라면 잘 대답해 주겠지만 변명을 더욱 확실하게 하려고 사실을 털어놨다.

"너희 집에서 놀다가 자고 돌아간다고 말하고 나왔어. 부탁할게."

"어디를 나와?"

"친구 간호해주러."

"친구가 누가 있다고…. 걔? 저번에 현석이라는?"

"응."

"부모님은 어디 가고 네가?"

적잖이 당황했나 보다.

"사정이 있어서 집에 안 계시거든."

"말이 된다고 생각하는—"

쫑알쫑알 시끄럽네. 괜히 말했나.

전화를 끊고 죽 가게에 들어갔다. 늦은 시간이라서 그런지 한산했다.

죽도 종류가 많구나. 네 끼 분이면 되겠다.

아까 현석이가 안 자는 걸 확인했기에 여유롭게 계단으로 올랐다. 무거운 죽이 나쁘지 않은 모래주머니 역할을 했다.

몇 분 안 걸리는데 그걸로 더 식어버리거나 하지는 않겠…지?

핸드폰을 주머니로부터 꺼내서 문자를 보내려다가 비밀번호를 발견하고 도어락을 열고 들어갔다. 그새 잠들었는지 방 안에서 새어 나오던 빛은 사라졌었다.

셋

죽은 오늘 먹으라고 하려 했던 몫까지 냉장고에 전부 넣어버려야겠다. 아직 뜨거운데 그대로 넣어도 괜찮나?

왠지 냉장고가 힘들어할 것 같아서 검색해 보니 식혀서 넣으라고 한다.

죽들을 찬물에 식히기 전에 진짜 자는지 확인하러 방문을 조심히 열어젖혔다.

"(자?)"

"…콜록…."

자면서 하는 기침이라기엔 상당히 정직해서 다가가 봤지만 곤히 자고 있었다. 곤히는 아닌 거 같다. 어딘가 불편한지 미간을 찌푸리고 있었다. 악몽을 꾸는가 싶었어도 이마를 만져보니 더운 여름임에도 뜨끈함이 느껴졌다.

열이 올라서 잤나? 이렇게 불편해 보이는데 잠이 오나? 자다가 올랐나? 근데 열이 오르면 어떻게 하는 거지?

물수건을 이마에 올리는 것쯤은 알고 있었는데 직접 경험해 본 적이 없어서 효과가 있는지 어딘가에서 볼 때마다 항상 의심됐다.

화장실에 걸려있던 수건을 쓰려다가 안쪽 찬장에 둔 새것을 발견해서 꺼내 물을 적셨다.

물을 짜 내는 정도도 몰랐기에 일단 많으면 좋겠지 싶어서 물방울을 뚝뚝 떨어뜨리며 그의 방으로 향했다. 미끄러질까 봐 닦으려 해도 어두워서 어디에 흘렀는지 모르겠다.

개어져 있던 대로 수건을 접고 찹 소리가 나게 이마에 얹었다. 그랬더니 물줄기가 사방으로 흘러서 다시 물을 짜 왔다. 그랬더니    하는 소리가 더 작아졌다.

이 정도면 되겠지.

"엄…마?"

네?

"돌아…온 거야?"

죽 가게에서 돌아온 건 네 엄마가 아니라 난데.

"엄마…"

잠꼬대치고 요란해서 방해가 될까 봐 자리를 피하려 방문으로 걸음을 옮겼는데 무언가 발에 밟혔다. 손으로 방바닥을 쓸면서 찾아보니 조그마한 것이 잡혔다.

알약? 흘리고 빼먹었어? 칠칠치 못하기는.

책상에 이슴푸레 보이는 약 봉투의 그림과 비교했을 때 그가 흘린 건 해열제였다. 흘려도 하필 해열제를 흘리는지.

방바닥에 굴러다니던 것이니 버리려고 현관의 쓰레기통에 넣기 위해 방문을 열었다.

"가지…마."

싫어, 쓰레기는 버려야 할 거 아니야.

"보고 싶었단… 말이야."

자느라 눈도 감고 있으면서 어떻게 본다고.

돌아본 그는 차렷 자세로 잠에 열중하고 있었다.

"엄마도… 나를… 떠났어."

친부모에 대한 기억이 있나 보네.

"왜… 그런 짓을 했냐고!"

마침내 잠꼬대의 언성마저 높아졌다.

그런 짓? 잘못을 알고 있던 건가. 장례식장에 찾아온 회사 동료가 알려줬나? 바보 같은 동료.

아빠는 부르지 않는 게 마마보이라고 해야 할지 아빠와는 별로 친하지 않았는지….

소리침에 제풀에 깨어날 줄 알았는데 그러지 않아서 그냥 불을 켜 버렸다.

정신 차리고 다시 자든가 약까지 먹고 자든가 하자.

밝은 전등 아래에서 본 그의 얼굴에는 한줄기 눈물이 흐르고 있었다. 결국 불은 켜자마자 꺼졌다.

그냥 자라.

거실로 나와 아무렇게 놓여 있던 선풍기를 끌고 내가 잘 소파를 찾아내서 누웠다. 그제야 소파 위에 전등 스위치가 있는 것을 알아채서 한번 켜 봤다.

저 의자가 좋겠다.

선풍기 대신 의자를 들고 그의 방으로 돌아갔다. 책상 앞에도 의자가 있었지만, 머리까지 받치는 의자는 마음에 들지 않는다.

등받이만 있는 의자를 그가 누워있는 침대 앞에 놓고 앉았다. 물수건 덕인지 편안한 표정이 눈에 들어왔다.

나는 핸드폰을 켜서 밝기를 확 낮춘 다음에 노래를 고르고 챙겨온 이어폰을 꽂았다. 노래를 즐겨들었던 적도 있어서 100곡이 넘게 있긴 해도 남은 밤에 비해서는 짧은 재생시간이다.

20번째의 노래가 지나갈 때쯤 눈이 스르르 감기더니 몸에 힘이 빠져 옆으로 쓰러질 뻔했다.

옆으로 쓰러지면 바닥, 앞으로 쓰러지면 침대.

그대로 몸을 돌려서 앞으로 쓰러지듯 잠들었다. 잠에서 깨운 건 처음 듣는 알람 소리였다.

"으어어…"

기지개를 피는지 알 수 없는 소리도 들려왔다.

"알람 소리에 안 깼어? 무겁거든?"

아~ 어쩐지

"푹신하더라."

"아주, 날 베고 누웠구나."

속마음 중 일부가 잠결에 튀어나와 버렸네.

"몸은 괜찮아졌어?"

"―쿠헐럭 콜록. 훌쩍. 아니."

"그래도 목은 나아졌나 보네."

"이건 뭐야?"

그가 침대에 어질러져 있던 수건을 내밀었다.

"네 머리 위에 있던 거."

"머리 위에?"

"이마."

"나, 열났어?"

"열 내리는 약만 쏙 빼놓고 먹으니까 그렇지."

"뭔가… 떨어뜨렸다 싶어서 둘러 봐도… 안 보이길래 기분 탓인 줄 알았는데."

"지금은 내렸지 않아?"

그는 자신의 이마에 손을 가져다 대더니 끄덕거렸다. 근데 열나는 사람이 스스로 이마를 만져도 알 수 있는 걸까?

"자, 안 나네."

그래서 직접 손을 가져다 대서 확인했다.

"무시하고 만져대다가 옮아."

"이마는 상관없잖아. 신경 쓰이면 비누로 열심히 씻어줄게."

그렇게 말하고 화장실로 가서 손뿐만 아니라 세수도 했다.

침 자국… 우아아아아앙!

바닥에 아무렇게 떨어져 있는 핸드폰도 주웠다.

[어땠어?]

지은이가 의도를 알 수 없는 메시지를 4시경에 남겼다.

[뭐가 어때?]

[오옷! 이것은 희귀하다는 솔이의 답장!]

아직도 안 잔 걸까. 아니면 4시에 깨어났나?

'희귀하지 않아'라고 입력한 것을 보내려는데 딱 보기에도 지은이가 보낸 것들만 대화창에 가득했다.

[희귀하지 않아.]

그래도 보냈다.

[정말 아무 일도 없었어?]

[있었어.]

[(두근두근 이모티콘)]

[열이 나서 물수건을 해줬어.]

[재미없다.]

[내가 재미있는 편은 아니잖아.]

[심심한데 나도 놀러 갈까?]

[서로 불편한 건 둘째 치고 너도 감기 잘 걸리는 편이잖아. 바로 옮을걸?]

[감기 잘 걸리는 편이라서 아쉽게 됐네.]

더 이야기 할까 싶었지만 죽이나 데우기로 했다.

전자레인지 사용 가능. 플라스틱 같은데 괜찮나? 시대가 발전했나?

뚜껑만 열어서 덥힌 죽을 그에게 가져다줬다.

"죽도 사 왔어?"

"사 왔는데 네가 잠들어 있더라."

"역시 호박죽이네."

"가장 달잖아. 혹시 싫어해?"

"싫어하진 않는데 죽 자체를 좋아하지도 않아."

"왜?"

"배가 빨리 꺼져. 자꾸 뭘 먹게 돼. 그러면 뛸 때 부담되는데."

"먹는 걸 잘 참아야지."

"이래 보여도 중학교까지 90킬로를 자랑했었던 몸이야."

그가 뱃살이 있었다는 듯이 배를 두드렸다.

"설마, 전혀 안 그랬을 거 같아."

"저기에 있는 책장에서 제일 큰 두 권이 졸업앨범이야."

초등학교와 중학교의 것이 나란히 있어서 중학교만 빼 왔다.

"거기서 한번 날 찾아봐."

"3학년까지 뚱뚱했으면 아무리 바뀌었어도 알 수 있지 않을까?"

중학교 3학년으로부터는 길어봤자 8개월밖에 지나지 않았다.

1반, 2반, 3반을 지나치는 중에 그가 죽을 후루루룩 마셔버리는 소리가 들려왔고 12반까지 모두 보니 죽은 이미 자취를 감추었다.

"다른 학교 졸업앨범 훔쳐왔어?"

"3반이었어."

"가장 가능성이 없다고 생각했는데."

"맨 앞에 단체 사진 위에서 두 번째 줄 오른쪽으로 세 번째가 나야."

"누구세요?"

군살 하나 없이 턱선이 살아있는 지금과는 비교조차 할 수 없었다.

셋

사진이 잘못 찍혔나 해서 한 명씩 찍은 것도 봤지만 그런 건 아니었다.

"이렇게 뚱뚱했으면 노력 많이 했겠네."

"더럽게 맛없는 풀부터 고역이었지."

"이 몸으로 운동하려면 어떤 기분이었어?"

"런닝머신이 부서지지 않을까~ 라는 생각이 머릿속에서 떠나지 않았어."

"에이~."

"맞아, 장난이고 팔굽혀 펴기를 할 때 팔꿈치가 부서지지 않을까였어."

"투수하려면 팔 아껴야 하는 거 아냐?"

"그래서 팔굽혀 펴기는 안 했지."

아무 말 대잔치다.

"런닝머신이라면 헬스장?"

"(끄덕끄덕)"

헬스장? 가까운 곳은 하나밖에 없는데?

"어…?"

그는 피식 웃더니 말했다.

"나는 너 봤어. 처음 본 게 학교에서가 아니란 말씀. …처음에는 머리카락을 저렇게 염색하나 싶었는데 두 달이 지나도 그대로더라. 궁금해서 동갑인 거 같기도 하고 몇 번 말 걸어보려 했는데… 그러진 못했어."

"겨울방학이라면 확실히 울퉁불퉁했지."

"그런데 왜 그만뒀어?"

"근육이 남자만큼 자라지 않아서."

"간단한 이유구나."

"그렇지."

"…"

"…."

"전부 호박죽이야?"

"응."

대답을 들은 그는 '맙소사'하는 표정이었다.

"평소에 자주 먹지도 않는다면서 대충…. 그래, 요리해 줄게!"

"아니, 그냥 밥—"

쓸데없는 투정은 무시하고 먼저 냉장고를 뒤졌다. '무슨 요리를 할까'라는 고민이 무색하게 재료가 별로 없었다.

고민을 지속하면서 마트로 향했는데 어제 잠깐 유튜브에서 본 치즈 오믈렛이 생각났다. 재료도 간단한 김에 만들어 보기로 했다.

달걀이랑 치즈! 만이 아니라 버터, 생크림도 사야겠네. 식용유랑 소금은 당연히 있겠지?

마트의 이곳저곳을 돌아다니면서 드래곤볼을 모으듯이 재료를 장바구니에 모았다. 장을 보는 건 자주 하는 게 아니라 시간이 꽤나 걸렸다.

으아… 마트가 시원했구나. 밖은 너무 덥다….

얼마나 오래 쇼핑을 한 지 모르겠지만 해는 정수리를 비추고 있었다. 가는 길에 편의점이 있어서 아이스크림이라도 먹자는 생각으로 들어갔다.

콘, 아이스크림은 콘이지! 하면서 고른 아이스크림을 계산대로 가져가는데 달걀 샌드위치와 초코우유가 눈에 들어왔다. 내일부터는 질려도 먹겠지만 오늘은 오랜만이니까 그것도 사기로 했다.

"왔어~."

"점심시간에 맞춰서 왔구나. 밥이나 먹는다니까."

"반찬을 해서 밥이랑 먹으면 되지."

미심쩍어하는 그를 뒤에 달고 주방으로 향했다.

"환자는 침대에 가만히 있어."

"점심 대신에 집을 태워 먹으면 안 되니까."

"점심도 안 태울 거야."

그렇게 말한 그는 감시가 목적인지 알 수가 없게 소파에 누워버렸다.

"그럴 거면 왜 나왔어."

"바깥 공기 쐬려고."

"거실이 밖이냐."

"감기 심해질까 봐 환기도 못 시켜서 방은 답답해."

"지금이 겨울도 아니고, 이상한 소리 하지 마."

"아… 깜박했다."

어이, 진짜 위험한 거 아냐?

"열 올라서 정신이 이상해졌어?"

"콧김이 뜨거운 거 같기도 하고…."

"방으로—"

"침대나 소파나…."

방도 좁아 보이진 않던데 많이 답답한 모양이다. 물수건을 해 줄까 싶어서 화장실로 발을 옮기는데 삐비빅 거리는 체온계의 소리가 들렸다.

"열나는 줄 알면서 나온 거야?"

"심심해서."

왜 저러는지….

괘씸해서 물수건은 대충 던져 주고 달걀을 깨서 그릇에 모은 다음에 손을 씻고 요리를 이어갔다.

생크림 조금을 주르륵 넣고 치즈 조금을 퐁당 했다.

소금은? 소금은 언제 넣어? 뭐야? 어디에도 안 적혀있잖아. 대체로 달걀

물에 소금 간을 하지 않나? 지금 넣으면 되니까 그런 것쯤은 알아서 하라는 건가?

"소금은 어디 있어? 식용유도."

"네 바로 위에 찬장에 소금, 그 옆의 찬장에 식용유."

마지막으로 소금을 한 꼬집 넣고 프라이팬에 식용유로 완벽히 코팅한 다음 버터를 녹여서 달걀이 절대 붙지 않게 했다.

저어주다가… 됐나? 알갱이가 작게? 좀 커 보이는데. 더 저어주다가… 됐나? 됐다. 이걸 이렇게 톡, 톡… 안 접히네.

첫 번째 요리인 치즈 스크램블이 완성됐다.

"스크램블이야? 완성도 높다."

"조금만 기다려."

탄알은 아직 많이 남아있다. 아까의 달걀 물을 똑같이 만들고 빠르게 젓기도 성공했다. 접는 것까지 환상적이었다.

"짜잔!"

그가 이마의 수건을 한 손으로 잡고 상체만 일으켜서 이쪽을 쳐다봤다.

"날달걀 비빔밥? 간장은 어디?"

접시에 담았더니 덜 익었는지 터져버렸다. 두 번째 메뉴 날달걀 비빔밥.

"이, 이건 장난이야 장난."

"음식으로 장난치면…"

몇 번이고 더 할 수 있는 재료는 있었지만, 세 번째, 네 번째 메뉴가 탄생해서 슬슬 지루해져 간다.

으아, 이번엔 제발 되어라!

접는 것까지는 성공했으니 덜 익어서 터지지 않도록 불을 끄고 잔열로 살살 익혔다.

"짜잔!"

"오믈렛이네."

"오믈렛이야!"

"밥은 필요 없어. 별로…."

식탁에 앉은 그에게 오믈렛을 밀어두고 좋아하는 밥을 퍼주려는데 거절당했다.

"왜?"

"이것도 충분해."

"욕심쟁이처럼 다 먹을 생각이구나."

"아."

"농담이야. 나는 샌드위치랑—"

"초코우유? 내일 학교 가면 먹을 거면서."

"하루 정도 일찍 먹는다고 큰일 나지는 않잖아."

"보기만 해도 질린다."

내가 샌드위치를 한 입하자 그가 오믈렛을 반으로 가르며 말했다.

"우와 제대로다."

"네가 했으면서…."

"요리는 처음 해 봤는데 잘 됐어."

"재능 있네."

"으흥~."

오랜만에 얼굴에 미소가 번졌다.

나는 그날 저녁에야 집에 돌아갔다. 집을 나온 지 24시간 만이었다. 여행으로는 더 오래 비웠어도 별 감흥이 없었는데 다른 집에 있다가 돌아오니 뭐라 표현하기 힘들 정도로의 색다른 기분이 들었다.

"딸~ 오랜만이다."

"으 수염, 비비지 마. 재택근무라도 면도는 꼬박꼬박하라고."

"이건 게 재미있어서라도 못 깎지~."

"엄마, 아빠가—읍."

"엄마는 피곤해서 자고 있어."

"9시도 안 됐잖아."

"오늘 어디 어디를 돌아다녔다고 식탁 앞에서 얼마나 징징대던지. 그리고 아까 장난 좀 쳤다고 짜증을 확 내는 거 있지?"

피곤하다는데 왜 장난을 쳤을까….

조금 늦긴 했지만, 트위치를 켜서 방송을 시청하다가 잠들었다.


다음 날, 고등학생 정도 되면 개학이든 방학이든 무감각해지는 기분이다. 더구나 개학식이라고 일찍 끝났던 시대는 지난 지 오래라서 그런 것 같다.

방학이 끝나서 반가운 친구들을 만나 재잘재잘 떠드는 애들이 있는 한편 일찍 일어나는 생활로 돌아가기 싫어하는 이들도 다수를 차지했다. 그런 이들은 특히 2교시 중반까지도 가수면 상태로 활동하고 있었다.

아포칼립스를 방불케 하는 1, 2교시가 지나고 신호가 와서 화장실에 갔는데 세면대에서 손을 씻고 있는 수빈이와 마주쳤다. 반에서는 다른 애들의 눈도 있고 해서 당연히 말을 안 걸어주는 걸 이해해도 화장실에는 아무도 없었기에 인사는 하고 싶었다.

"안녕!"

"…."

그대로 손을 털고 나가버렸다. 뽀송뽀송해져서 기분 좋은 손 건조기도 함께 무시당했다.

이상함이 느껴져서 따라 나가 그녀를 붙잡았다.

"저기—"

"꺼져."

내 손은 그녀의 팔에서 힘없이 뿌리쳐졌다. 왜 그러는 걸까 이유라도 듣고 싶었지만 꺼지라고 한 이상 직접 들려주지는 않겠다.

점심시간 매점에서는 초코우유 대신에 콜라를 사려 했으나 없었다. 콜라뿐 아니라 탄산음료 자체가 없었다.

"탄산은 안 파나요?"

"높으신 분들이 팔지 말라고 해서 못 팔아."

"바보 같은 정책이네요."

그는 대답 대신에 방긋 웃어 보이기만 했다. 결국 초코우유와 달걀 샌드위치 엔딩이었다.

"표정, 안 좋아 보이는데 그것 때문에 탄산을?"

"네, 뭐…."

그 말대로다. 아까의 일 때문에 시원한 탄산음료로 날려버릴까 했지만 실패했다.

"여어~!"

"다 나았나 보네."

"자고 일어났더니 말끔히 나았어."

"학교에선 아플 일 없어서 다행이겠다."

"연습도 다시 나갈 수 있지!"

"근데 너는 운동도 하고 건강할 텐데 어떻게 여름 감기에 걸린 거야?"

"네가 오기 전날, 병원에 처음 갔을 때 의사 선생님이 너~무 더웠다가 집에 와서 에어컨으로 너~무 시원하게 있기를 반복해서 그렇다고 했어."

암살자라도 사이코패스가 되긴 싫어!

"연습을 매일 해?"

"여름이라서 하루하고 하루 쉬고 했는데 나는 쉬는 날에도 쉬지 않았거든."

"후반기 리그도 끝난 거 아니야?"

"10월에 전국대회가 있어. 두 달 남았으니까 열심히 해야지."

"벌써 8월이구나."

화단 한구석에 때 이르게 피어있는 코스모스 한 송이가 눈에 들어왔다. 현석이도 내 시선을 따라갔는지 쭈그려 앉아서 꽃을 관찰하기 시작했다.

"코스모스는 언제 피어? 가을에 자주 봤던 거 같은데."

"그러게. 아직 여름이 다 가지도 않았는데 말이야."

"네 눈동자 같아."

"사람의 눈동자는 꽃만큼 크지 않아."

"그게 아니라 보라색이."

내 눈동자 색이 저렇게 진했었나.

"코스모스에 대해서 어떻게 생각해?"

"어떻게 생각하냐니?"

"남자애가 꽃을 그렇게 가까이서 바라보는 건 처음 봤거든. 그것도 고등학생이."

"음…."

"그냥 신기해서였어?"

"원래는 그랬는데 이제 할 말이 생각났어."

생각났다면서도 한참을 머릿속에서 정리하는 듯하다가 입을 열었다.

"모르겠다."

"복잡하면 간단하게 말 해봐. 논술형 답안을 적어내는 것도 아니잖아."

"하하, 그렇긴 하네."

그는 다시 한번 한참을 고민하다가 입을 열었다.

"그래도 모르겠어. 표현이라는 건 어려워."

"말하기 싫어서 안 하는 건 아닌 거 같아 보이니까 내가 먼저 말해볼게. 그렇지?"

"응."

나도 한 송이의 코스모스를 한참을 바라봤다.

"미리 생각해두지는 않았구나."

"이제 알아냈으니까 걱정하지 마."

"과연."

방송 프로그램의 사회자 같은 대사를 날리며 잔뜩 기대하는 눈치였다.

"은은한 그 색이 마음에 들어."

"그뿐이야?"

"실망했어?"

"그런 건 아니지만…."

그가 마음에 들지 않아 하니 몇 가지를 덧붙여보기로 했다.

"특히 여기 피어있는 것처럼 안쪽까지 일정한 색깔인 게 좋아."

설명을 위해서 샌드위치와 초코우유는 벤치에 내려두고 꽃의, 그의 앞으로 다가갔다.

"밋밋해 보인다고 생각해."

"나는 꽃술 쪽이 연해지거나 진해지면 괜히 꾸며대는 기분이야. 조그마한 꽃 주제에."

부드러운 꽃잎을 살짝 건드려 봤다. 잠깐만으로는 부드럽다는 걸 알 수 없어도 아직 거친 꽃잎은 만져본 적이 없다.

"내 차례?"

"(끄덕끄덕)"

쭈그려 앉아있던 게 불편했는지 그는 다리를 쭉 펴고 일어났다. 나는 그런 그를 올려다보는 꼴이 되었다.

"그저… 좋아."

하지만 '그저'라고 말하고도 더할 말이 있다는 듯이 입을 움찔거리고 있었다.

"주변에 같은 꽃이 없어도 피어있는 게 좋아. 사실 꽃도 아니라 있는 건 잡초뿐인데 개의치 않는 모습이 좋아. 옆에 흙이 있는데도 시멘트를 뚫고 자란 게 바보 같아서 좋아. 그렇게 바보같이 홀로 먼저 피었어도 당당하게 하늘을 보고 있는 게 좋아."

"감성적이네."

그는 자신이 한 말이 부끄러운지 바로 고개를 떨구었지만 나는 정면이 아니라 아래쪽에 있어서 눈이 마주쳤다.

"윽."

"표현해 보니까 어때?"

"쪽팔려."

"원래 그런 거야."

"그게 아니라 저기."

학생부장 선생님이 다가오고 있었다.

"아, 안녕하세요."

"꽃이 그리도 어여쁘더냐?"

"네에…."

현석이는 내가 인사할 때 도망쳤는지 모습이 보이지 않았다.

"어디, 나도 보자."

선생님은 사진 몇 장을 찍고 학교 안으로 들어가셨다. 아까의 꽃을 보면서 남은 것들을 먹어치우는데 세컨폰이 울렸다.

오늘 딱 하루 가지고 나왔더니 이게 뭐람.

[납치사건]까지 읽었는데 아빠가 전화를 걸어서 화면이 넘어갔다.

"후문으로 나오면 오토바이가 있을 거야. 나는 다른 할 일이 있어서 못 데려다주니까 그걸로 합류해."

"탈 줄 모르는데? 그리고 무단조퇴해?"

"설명서는 메시지로 첨부하마."

간결하게 전화는 끊겼다.

오토바이의 설명서라니….

울타리를 넘고 오토바이에 오르며 지령을 확인했다.

[납치사건.]

[11세 남아가 잠시 학교 밖으로 나온 사이 납치됨을 목격.]

[납치범은 일정량의 돈을 ○○시 외곽의 한 폐건물로 가져올 것을 요구.]

그 아래에는 건물의 사진과 함께 상세한 주소가 적혀있었다.

저기로 가라는 거네. 근데 돈 가지러 오면서 잡히고 싶은 건가?

몇 줄 더 있었는데 목적지를 확인했으니 오토바이의 조작법을 익히는 게 다음 순서였다.

왼쪽 핸들 앞이 클러치 레버… 오른쪽 게 앞브레이크, 왼쪽에 밟는 게 기어체인지 레버, 오른쪽이 뒷브레이크. 클러치의 역할은… 으아 오토바이는 자동이 없나?

수동이든 자동이든 사실 잘 모르지만, 자동이 편하다는 것은 알기에 3분 동안 투덜거리면서 조작법을 익혔다.

암살자라도 사이코패스가 되긴 싫어!

이제 가볼까—

"기다려!"

누구?

학생 하나가 이쪽으로 달려오고 있었다. 얼마 지나지 않아서 국어 선생님이 그의 뒤에 따라붙었다.

"나 좀 도와줘!"

선생님으로부터 구해달라는 소리일까? 대부분 선생님이 옳을 텐데.

숨을 몰아쉬며 달려온 그는 내게 다짜고짜 핸드폰을 들이밀었다.

"여기야."

익숙하기보단 방금 본 사진과 똑같은 게 그의 핸드폰에도 있었다.

이야~ 납치범 일 열심히 하네. 본부가 찍은 사진이 아니라 직접 찍은 거였구나. 가 아니라 얘가 왜 알고 있어? 가족인 거야?

"동생이 납치당했는데 가만히 있을 수는 없다고!"

정의감에 불타오르는 건 이해하는데 한낱 고딩 따위가 어딜 끼어들려 하는지. 1분만 아니, 30초만 빨리 출발했으면….

"네가 가서 무언가를 할 수 있다고 생각해?"

"그, 그건…."

"괜한 짓이야."

"거기 서!"

얘는 이미 서 있어요.

"선생님, 제발요!"

"너 거기 올라타면—"

"퇴학시켜 주세요."

그는 내 의사 따위는 묻지 않고 뒤에 올라탔다.

"빨리!"

"어? 어."

나도 더이상 지체할 시간이 없어서 헬멧을 쓰고 기어를 넣었다.

"우와아앙아아!"

"으아아아아악!"

무면허 라이더에게 급출발은 필수다. 얼마 후 골목길을 나와 안정권에 들어서자 이것저것 떠오른 생각들이 머리를 뒤덮었다.

경찰은 대체 뭐 하고 사는 거지? 비밀조직이 아니라 전 세계의 치안 유지… 글로벌 경찰국 수준인데…. 그리고 여기는 고담도 아니고 몇 개월 동안 사건이 이렇게 일어나?

학생이 이 시간에 오토바이를 타고 달리는 것을 이상하게 보는 사람들이 있을까 걱정했지만 다들 아직 회사인지 거리는 텅 비어있었다.

"원래 어디로 가려고 학교를 뛰쳐나간 거야?"

"지금 가는 곳."

"대체 정체가?"

"왕따."

"혹시 그 백발…"

"껄끄러우려나?"

"소문만 들었어."

"반이 3층이야?"

"어, 1반."

3반까지는 다른 층에 있어서 급식실에도 가지 않는 나를 직접 본 적이 없나 보다.

"우리 학교 애들은 다 좋은 집안이니까 그런가 보다 하겠는데 동생이 그렇게 소중해?"

"맞벌이로 두 분 다 늦게 들어오셔서 동생과 있는 시간이 많았어."

"나는 외동이라서 그런 건 잘 모르겠다."

"소문은 단지 소문이었네."

"왜?"

"차가운 마녀 컨셉에서 빠져나오지 못한 중2병 환자라는 이야기도 있거든."

"좋은 정보 고마워."

다가와 주는 애들이 생겼다. 현석이는 다른 학교니 그렇다고 해도 한 번도, 단 한 명도 이제까지 먼저 다가오는 친구가 없었다. 하지만 올해는 이상하리만치 두 명이나 있어서 마치 내가 변했다는 기분이 들 정도다.

"저 건물이다!"

헬멧의 바이저를 내려도 저건 볼 수 있어.

주변의 건물이 낮아지고 회색 대신 갈색이 많아질 즈음에 외롭게 서 있는 폐건물이 눈에 들어왔다. 흙길은 아스팔트나 시멘트 길과는 다른 느낌이라서 아무리 급해도 속도를 조금 줄이면서 도착했다.

"어? 조종사 언니."

건물의 창문이 없는 면에서 조금 떨어진 곳에 그녀가 있었다.

"누가 오나 했더니 너였구나."

"헬기 조종만 하시는 줄 알았는데 아니었네요."

"그건 그렇고 쟤는 뭐야?"

"납치당한 동생의 형인데 억지 부려서 제 뒤에 얹어타고 왔어요."

"아무나 막 접촉해도 괜찮아? 저번 놀이공원에서도 민간인에게 들켰다며."

"하는 걸 봤을 텐데 협박 조금 하면…"

뒤에서 누군가가 어깨를 두드려서 돌아봤더니 그가 떨고 있었다.

"여, 여기 오면 안 됐던 걸까?"

"급한데 올라탄 네 잘못은 맞아."

"미안!"

그가 손을 모아 합장하고 빌었다.

"알면 됐어."

"아무것도 말 안 할게. 놀이공원도 너였다는 거지? 그것까지 말이야."

협박하면 알아서 잘 긴다니까요. 당장 저기에 납치범이 있을지도 모르는데 소중한 동생이라며 따라온 주제에 잔뜩 겁먹어서는.

"언니, 여긴 우리가 전부예요?"

"응. 납치범은 한 명이니까."

"이제 밖에서 이러고 있으면 되는 건가요?"

"너 문자 전부 안 봤지?"

"네."

중요한 게 있었나 보다. 나는 바로 세컨폰을 켜서 확인하지 않은 부분을 마저 읽었다.

[빚 때문에 장기를 팔아야 하게 되자 도망 후 납치를 계획.]

[요구한 돈은 빚을 갚을 용도로 추정.]

생계형 범죄인가.

[목표는 아이가 아니라 납치범.]

[오토바이 좌석을 열어보면 있는 돈 가방으로 유인을 추천.]

[생포할 것.]

납치사건 당한 쪽이 아니라 내가 직접 하는 거였어? 이렇게 중요한 거면 최대한 위에 적어야지 사람 헷갈리게 말이야.

"이제 알겠지? 헬기든 뭐든 나는 운송역할이야."

"운전대만 잡아서 마음 편하겠네요."

"그만큼 베스트 드라이버니까 운전대만 잡는 거로 생각해 줘."

자랑을 들으며 열어본 곳에는 돈 가방이 들어있었다. 따로 설명이 없어도 이 일의 보수라는 것쯤은 안다.

"납치범이 돈 가방을 가져오라는 시간과 둘 장소는 정하지 않은 거죠?"

"맞아, 그러니까 더더욱 저 안에 있을 거야."

그렇게 말한 언니는 그에게 보이지 않게 나이프 하나를 슬쩍 넘겨줬다.

권총이었으면 좋을 텐데. 하긴 총을 쏘기엔 민가가 너무 가깝지.

"지, 지금 들어가?"

"너도 따라오게?"

"그게…."

"따라서 들어오지 않아도 널 겁쟁이라고 볼 사람은 없어. 소문을 퍼뜨릴 친구도 여기엔 없고."

"그~래 꼬맹아. 입단속만 잘하면 아무 문제 없단다."

언니는 배짱 하나 없는 모습을 보고도 불안한 모양이다.

폐건물의 1층에 들어서니 난간에 포스트잇이 붙어있었다.

[302호]

직접 안내해 주네.

폐건물은 예전의 아파트 건물 같았다. 워낙 외진 곳이라서 잘 팔리지 않았다든지 해서 철거도 못 하고 버려진 게 아닐까 싶다.

"나도 같—"

반응속도가 빠른 그는 내가 검지를 입술에 가져다 대자 바로 말을 멈추었다.

"(발소리, 숨소리마저 내지 마.)"

"(끄으덕)"

'납치범이 대놓고 302호에 대기하고 있을 리는 없다. 필시 발소리가 들리는 옆집이나 그 옆집에서 내가 돈을 두고 사라지길 기다릴 것이다. 감시할 수 있는 카메라 같은 것도 없을 것이기에 창문으로 우리 둘의 모습이 보이는 것만 피하면 된다.'라고 생각했지만 망할 녀석이 발소리 하나 죽이질 못한다. 결국 돈 가방을 넘겨 들게 하고 내가 낮은 자세로 조용히 뒤따랐다.

"(302호에 돈 가방을 두고 나가.)"

그가 떨리는 손으로 연 현관은 안에 두고 가라는 듯이 역시나 잠겨있지 않았다. 나는 돈 가방과 함께 남았고 말을 잘 듣는 그는 바로 건물 밖으로 나갔다.

둘이 들어오길 잘 했네. 발소리로 속일 수도 있고.

10분 정도 기다리니 훌쩍거리는 소리와 함께 새로운 발소리가 들려왔다.

걸렸구나!

돈 가방을 잡으며 부스럭거리는 소리가 나자 나는 숨어있던 곳에서 뛰쳐나갔다. 납치범은 당황한 기색이 이상하리만치 없었다. 아니, 기다리고 있었다는 듯이 역으로 내게 달려들었다.

"으악!"

언니가 준 나이프를 쓸 겨를도 없이 범인은 순식간에 빈틈을 보여줘서 단번에 팔을 꺾어 버렸다.

"한방에 쓰러질 거면서 왜 그랬어? 고통 없이 갈 수 있었잖아."

"으윽."

"순순히 따라와—앗!"

막은 팔에 전해지는 무게감이 오랜만에 맛보는 주먹이었다. 양팔 다 못쓰게 만들어야지 순순하게 따라올 모양이다.

"으아악!"

"왜 그러셨어요. 네? 재미 좀 보나 싶었는데."

성인남성을 들고 가기에는 무리가 있어서 돈 가방은 대충 둘러멘 채로 너덜너덜한 팔 두 짝을 끌고 계단을 내려왔다. 납치당한 아이가 생각났지만 챙길 겨를은 없었다. 경찰의 사이렌 소리가 가까워지고 있었기 때문이다.

"야, 애는 너 알아서 챙겨. 아까 거기에 있으니까."

"너, 너는… 뭐야? 이 사람…"

"조·용·히."

"(끄덕끄덕)"

"빨리, 이쪽으로!"

언니가 가져온 차를 건물 가까이 댔다.

"소용없어. 너희는 경찰에 잡힐 거니까."

이런 상황을 노렸다는 듯이 말하는 그를 뒷좌석을 눕혀서 만든 공간에 대충 집어넣고 나도 그곳에 타자 차가 출발했다.

"잡힐 줄 알았냐? 어? 으이구~ 귀여워라."

"가지고 노는 건 뭐라 안 하겠는데 꽉 잡아라."

"네엑?! 경고가 늦잖아요!"

방지턱을 점프대 삼아서 1초간 활공했다.

"그 아저씨도 머리 많이 써서 감옥 가려 했나 봐."

"살인이 아니면 오래 살긴 힘들죠."

아마도 우리가 돈을 미끼로 잡으려 한다는 것까지 예상해둔 모양이다.

몸싸움으로 경찰이 올 때까지 시간을 벌 생각이었나 본데 그렇게는 안 되지.

"여보세요?"

"또 놓쳤어?"

"아빠는 내가 놓쳐야지만 전화하는 줄 알아?"

"징징댈 때만 전화한 건 맞잖아."

"이번엔 자랑이야. 이 돈 내 몫 맞지?"

"옆에 있는 사람하고 나눠 가져. 끊는다."

뚝.

"욕심쟁이 소녀였네~."

"패서 끌고 내려온 건 저니까 '1'만 가져가세요. 기사님."

이렇게 보면 돈에 미친것 같지만, 나한테 있어서 액수보다는 노력에 대한 보상의 비율이 더 중요한 거다. 그래서 혼자 전부를 받을 때는 왠지 재미없다.

"그 옆에 있는 오토바이를 실은 노고는 치하해 주셔야 하지 않을까?"

"으음… 얼마를 원하나요?"

"삼."

"문 열고 내리겠습니다. 안녕히."

문이 아니라 진짜 문을 여니까 시원한 바람이 덮쳐왔다.

"너무한다 너."

"한 묶음에 100장이죠? 열 묶음 있으니까 두 개 드릴게요."

문을 닫고서 조수석 시트를 따라 노란색 돈뭉치를 흘려보냈다. 그리고 어느 한 병원까지 가서 남성을 옮겨 둔 다음에 학교로 돌아왔다.

피 튈 일이 없어서 다행이야.


7교시가 막 시작한 반에 들어서니 수업 중이던 영어 선생님께서 담임선생님이 한참 찾으셨다고 한소리 하시고는 교무실로 나를 끌고 갔다. 애들도 뒤에서 키득키득 웃어댔지만, 정작 담임선생님은 어쩔 줄 몰라 하셨다.

근데 어떻게 했으면 이런 반응을 보이실까.

"다치지는 않았지?"

"네."

"(부모님께서 얼마나 하셨는지는 모르겠지만, 이사…교장이 특별하게 생각해 줘서 아무 일 없는 듯이 넘겼으니 다음부터는 그러지 말아라.)"

"(끄덕끄덕)"

아빠가 왜 차 살 돈이 없다고 했는지 이제야 알 것 같았다.

# ◇ 넷

　현석이는 연습 때문에 거들떠보지도 않았던 중간고사의 성적확인이 끝나가는 10월 초, 우리 학교는 하루 간 축제를 한다.

　"에… 솔이가 또 전교 1등을 차지했구나. 다들 박수."

　1학기 기말에도 시원찮은 박수를 들어야 했는데 선생님은 눈치껏 넘어가 주지를 않는다.

　"다들 알다시피 월요일에 축제가 있으니까 잘 준비해 보자. 좋은 의견 있는 사람?"

　지금은 금요일 7교시의 학급회의 시간이다. 축제에 대해서는 '기말고사까지 하루라도 수업일 수를 벌자.'와 '시험 끝나고 학교에서 노는 걸 허락한대.'가 맞붙고 있다. 후자는 '기말고사가 끝나고 놀아도 상관없지 않냐.'에 대응하지 못하지만, 어차피 교장 마음대로다.

　"메이드 카페요!"

　오타쿠가 컨셉이 아니라 진실로 밝혀진 건 여름 방학식부터였던 그가 장난인 듯 진심처럼 말하지 반의 모두가 웃음을 터뜨렸다. 개중에는 역겹다는 표정을 하는 이도 있었다.

"메이드 카페가 뭐니?"

근데 선생님만 모른다. 이에 주절주절 설명하는 그를 반장이 막아서고 회의를 주도했다. 왠지 선생님보다 애들을 잘 이끄는 게 '우리들의 일그러진 영웅'의 엄석대가 떠오른다. 그래도 엄석대처럼 나쁜 역할은 아니다.

"반장, 내가 마술을 할게. 공연장으로 꾸미자!"

"너만을 위한 축제가 아니야."

학기 말, 그러니까 내가 시원찮은 박수를 처음 들었을 때, 혜성처럼 나타난 전학생의 특기는 마술이었다. 나도 얼핏 본 적이 있는데 마술이 아니라 마법을 쓰는 듯한 느낌을 받을 정도였다.

"그럼 파스타를 팔자!"

어떻게 하면 마술 공연에서 파스타가 되는지 모르겠다. 앞으로도 자기가 하고 싶은 것들만 잔뜩 말할 것 같다.

"애들아, 교실에서 불은 못 쓴다."

선생님이 주의사항을 말씀해주셨다. 다들 요리를 하고 싶었는지 자기들끼리 중얼거리며 실망하고 있었다.

"가사실을 쓰면 안 되나요?"

"어. 우리만 쓰면 불공평하고 전부가 쓰면 난장판이 될 테니까."

"그럼… 컵밥!"

"그건 식어버려."

반장이 두 팔을 교탁에 올려서 기대며 기각했다.

"치이, 죄다 안 된대."

"애들아, 자꾸 끼어들어서 미안한데 아까 못 알려 준 게 있어. 가사실의 전자레인지는 선착—"

"제가 갔다 올게요!"

학급회의에서 반장과 둘이 대화를 주고받던 그녀는 끝까지 듣지도 않고 교실을 박차고 나갔다… 가 다시 돌아왔다.

"어디로 가야 하나요?"

"본 교무실, 가정선—"

"네~!"

"—생님께…."

"재는 정하지도 않았는데 전자레인지부터 빌리냐. 그래도 빌리러 간 김에 물어볼게. 다들 컵밥에는 어떻게 생각해? 전자레인지를 쓸 수 있는 다른 음식도 괜찮고 음식이 싫으면 돌려주지 뭐."

애들도 컵밥에 과반수가 동의했다. 재료준비의 역할을 나누고 걷어야 할 돈까지 빠르게 정한 다음에 학급회의가 끝났다. 나는 아무 역할도 맡지 않았다. 이럴 때면 특히나 관심이 없는 편이 편하다.

'나를 찾아올 사람도 전부 다른 학교에 있으니 구석에서 유튜브나 봐야겠다. 다른 반의 가게에 찾아가는 방법도 있지만, 어디에서든 불청객일 뿐이라는 것은 나 자신이 가장 잘 안다.'라며 집에 와서 유튜브를 보고 있어도 머릿속을 메우는 생각에 진절머리가 나고 있을 때 머리맡 책상 맞은편의 작은 창문이 콩콩거리며 울렸다.

노크하는 소리? 여긴 2층인데?

무서운 것도 확인해 보면 사실 어딘가에 빛이 반사됐다든가, 그림자가 거리 때문에 오묘한 크기로 변했다든가, 널어놓은 빨래가 바람에 흔들려서 그랬다든가, 같은 사소한 것이기에 확인해 보기로… 소리에 대한 건 없어?

그래서 확인하지 않기로 했지만, 창문은 관심을 달라는 듯이 새로운 형태로 울리고 있었다.

똑~ 또독 똑, 똑똑 또독 똑.

아, 사람이구나.

옆집에도 비슷한 위치에 창문이 있던 것이 그제야 떠올랐다. 얼마 전에 이사 온 모양인데 전에 살던 사람은 항상 블라인드를 쳐 놓아서 깜박하고 있었다.

반대편에 누구지?

잘 쓰지 않는 창문이라서 사람의 실루엣밖에 보이지 않아 손잡이를 돌려서 위로 열었다.

순간 구 형태의 플라스틱 물체가 날아와서 손에 잡혔다.

"미안! 미안해!"

3m 정도 되는 거리에서 익숙한 목소리가 들려왔다.

미안하면 창문에 BB탄을 쏘는 짓 자체를 하지 말았어야지.

"놀리려는 거라면 자제하길 바랄게."

그러고서 창문을 닫는데 거의 다 닫힌 틈새로 그녀의 목소리가 비집고 들어왔다.

"네 연락처를 몰라서! 그랬어."

"용건이 있다면 직접 찾아오면 되잖아."

자세히 보니 그 전학생이었다. 옆집인 줄은 몰랐네.

"음~ 음… 아…."

"그냥 귀찮았어?"

"아, 아냐 아냐. 창문으로 소통하는 것도 해보고 싶었달까?"

"그뿐?"

"으아아, 창문 닫지 마~! 그게에…"

"3초 줄게."

"장 보는 걸 도와줘!"

"부모님이랑 가."

"혼자 살아."

장 볼 줄도 모르는 녀석이 왜 혼자 살아.

"다른 친구들이랑 가."

왠지 개학식 이틀 전이 겹쳐 보이는 장면이다.

"전학 와서…."

"그래도 나보다 친구 많잖아. 안 그래?"

"다들 학원이라고 내일 만나자고 하고 있다구."

행복에 겨웠네. 그나저나 시험이 끝나도 학원이라니….

"친구 말대로 내일 해."

"…."

그녀는 갑자기 창문을 닫아버렸다. 내일까지 기다리려나 보다.

하지만 이어지는 문 두드리는 소리에 아빠가 반응했다.

"누구세요~?"

"솔이 친구예요."

"그러니?"

언제부터 친구였냐.

나는 결국 아빠에게도 떠밀려 그녀와 나란히 길을 걷게 됐다.

올해는 이상하리만치 세 명이나…. 확실히 사립이라 나를 모르는 애들이 많은 탓일까?

"내일 아침 9시까지 12시간 하고 조금 더 밖에 안 남았는데 이 시간에 나를 끌고 나온 이유가 뭐야?"

"12시간이 넘는다는 부분부터 오래 걸리는 거야."

"전학은 여름방학 전에 왔으면서 왜 아직도 장을 못 봐?"

"옆집이라 내가 이사 온 시기 정도는 알잖아. 기숙사에 자리가 남아서 거기에 있다가 얼마 전에 진정한 독립을 하게 된 거지!"

학비는 네가 내냐?

"지—"

이름을 말하긴 좀 그러네….

"—여름방학에 우연히 우리 반의 누군가를 만나서 친해졌는데 개학하니까 바로 쌀쌀맞게 대하더라. 너도 그럴 셈이야? 가지고 논다고 해야 하나?"

"누군진 몰라도 정말 나빴다. 나는 안 그럴 테니까 걱정 붙들어 매."

"…."

"친해지고 싶어서 아까 창문을 두드린 건데 너무 차가웠어."

"여름방학의 누구도 친해지고 싶다고 다가왔어."

"아직도 차가워서 벌써 핫팩이 필요하겠다~."

나의 반응이 밋밋해도 그녀는 말하는 것만으로 즐겁다는 듯이 이후로도 끊임없이 이야기해댔다.

"그러면 이건 어때?"

"?"

"조금보다는 많이 바보 같은 표현이지만 나는 너랑 친해졌을 때 다른 친구가 떨어져도 별 상관없어. 네가 이 세상의 누구보다 마음이 잘 통해서 최고의 친구가 될 수 있다면 말이야."

"많이 바보 같다는 말이 아주 정확했어."

"어쨌든 아직은 굴러온 돌이라서 친구라고 해 봤자 아~주 친하지는 않아. 출발점의 간격을 조금만 넓혀 보면 너랑 같을지도 모르겠네."

"네가 생각한 것보다 많이 넓혀야 할 거야."

그런 시시한 이야기를 나누며 마트에 도착했다. 저번 치즈 오믈렛의 재료를 살 때 한번 휘젓고 다닌 마트라서 이제는 익숙하다.

"달걀만 사고 끝일 거면 혼자 다녀."

"프라이도 도와주라."

"친구가 아니라 그게 목적이었지?"

"달걀을 익히면서 우정이 싹트는 거야!"

"프라이로 우정을 싹틔우려면 내일 다른 친구들이랑 해."

붙잡는 팔을 뿌리치고 집에 돌아갔다. 그녀의 얼굴에 이용하려는 나쁜 마음 같은 건 적혀있지 않았지만 그건 수빈이도 같았다.

축제 하루에는 일반인들에게도 학교를 개방하기에 학생 가가 아닌 일반인 가를 내건 가격표를 반 앞에 세워뒀다. 그것으로 진정한 월요일이 시작됐다.

반의 내부는 분식집처럼 꾸며져 있었는데 주말 동안 자기네들끼리 메뉴도 늘리고 반에도 들린 모양이다. 책상 대부분이 공간조성에 쓰였기에 비교적 넘치는 의자 하나를 끌고 콘센트가 있는 구석에 자리를 잡았다.

'안녕하세요~ 사랑하는 유튜브 시청자…'

이어폰으로 스트리머의 유하각을 알리는 오프닝 멘트가 흘러들어왔다. 덕분에 주변의 소란스러운 소리가 묻혔다. 하지만 눈을 막을 수 없었기에 보조배터리의 충전이 완료되면 옥상으로 올라갈 예정이다. 운동장에는 체험을 운영하는 몇 개의 반이 있기에 옥상에는 야외활동을 하는 반이 없기를 바란다.

"이것 봐! 어제 열심히 한 거야!"

영상을 보는 중에 누군가가 내 왼쪽 이어폰을 빼내며 말했다.

전학생 가온이었다. 네모난 스테인리스 통에 가득 담긴 달걀프라이를 내게 들이댔다.

"장난치지 말고 준비나 도와."

금요일보다 피곤해 보이는 반장이 그녀를 끌고 갔다. 그리고 그녀가 내 손목을 이끌었다.

"…."

두 배로 무거워진 무게에 그는 적잖이 당황한 모양이다.

"나만 할 수는 없지."

"다른 애들도—"

"다른 친구들도 다 한 대, 들었지 솔아?"

"으응…."

"가사실에서 전자레인지 아직 안 받아왔다는 거 때문이지?"

"어."

"혼자 들기에는 무리니까 애랑 같이 갈게~."

쓸데없이 귀찮게 굴어 준 그녀 덕에 쏠린 주변의 시선에 괜히 내가 더 무안해져서 그녀의 손을 뿌리쳤다.

"얘가 좀 제멋대로라서 미안해."

"…."

마음씨 좋은 반장은 대신 사과해왔다.

"나랑 가자."

그 한마디에 그녀에게 쏠렸던 부정적인 시선은 언제 그랬다는 듯이 반대로 바뀌었다. 저 둘에게 닿았을지 모르겠지만 '오오'하는 감탄사가 터져 나오거나 '반장 멋져'같은 눈빛을 보내고 있었다.

"싫어. 혼자 갈래."

그녀가 이런 걸 노렸나 싶었을 때 예상외의 행동으로 모두를 당황하게 했다. 이내 군중은 자신들만의 과대해석을 하며 그녀가 열어두고 간 문 너머로 싸늘한 무언가들을 뿜어댔다. 확실히 모두의 인기인인 반장과는 다르게 그녀가 금요일에 말한 대로 아직은 굴러온 돌 취급이었다.

"(미안, 부탁할게.)"

그도 시선을 신경 쓰는지 이번에는 조그맣게 말했다. 미안할 것도 참 많다.

딱히 등이 떠밀린 건 아니었지만 핸드폰을 쥔 손에 이어폰도 대충 구겨 쥔 채로 그녀의 뒤를 밟았다. 다들 준비가 한창이라서 복도와 계단이 텅 비어있었기에 가사실로 가는 길에서 쉽게 찾아낼 수 있었다.

터덜터덜 걸어가는 그녀보다 빠른 걸음으로 다가갔다.

"저기…"

"와 줄 줄 알았어!"

"…"

가온이가 히죽거리며 나를 끌어안았다가 이내 내 반응을 보고 떨어졌다.

"나 싫어?"

좋고 싫고를 표현하려는 반응은 아니었다.

"그래도 괜찮은 거야?"

"네가 나를 못 미더워하길래 직접 보여줬지. 또 한 번 바보같이 말해 볼게. 너랑 친해지면 내가 이기는 것으로 하자."

"그런 바보… ㅋ"

헛웃음이 절로 나왔다.

"그 웃음은 몇 명이나 봤을까?"

"헛웃음이니까 가치는 없어."

가사실에서 기다리고 계시던 가정 선생님에게서 둘이 전자레인지를 받아들었다. 별로 안 무거운데? 혼자 들어도 되지 않을까—악!

"히히, 가벼운 거 같아서~."

"장난치다가 떨어뜨려서 다치지 않게 조심해라."

"네~."

그렇게 둘이서 나란히 들고 가는데 왠지 전자레인지가 점점 가벼워졌다.

나도 놓아볼까?

"…으아, 무겁잖아!"

이제까지 혼자 들었는지 반응이 늦었다. 의외로 괴력의 소유자일지도….

"화해했나 보네."

"무슨 소리야 다툰 적이 없는걸."

마침 1교시 시작종, 오늘은 축제 개시를 알리는 종이 울리고 할 일을 마친 나는 아까의 자리로 돌아갔다. 하지만 금세 가온이에게 끌려 나왔다.

"구석에 있는 것보다는 모처럼의 축제에 참여하는 게 낫지 않겠어?"

"돌아다니는 쪽으로 참여할게."

뒤돌아서 옥상으로 발걸음을 옮기는 나는 다시 붙잡혔다.

"그럼 오후에 같이 돌아다니자. 오후에는 나도 할 게 없거든."

"지금이라도 계획을 세워서 다른 애랑 돌아다녀."

말과 함께 반장을 눈짓으로 가리켰다.

"셋이 같이 다니면 되겠다!"

그녀의 쓸데없이 큰 목소리가 반장의 귀에도 꽂혔는지 그는 슬쩍 뒤돌아봤다. 결국 나는 가온이와 매대를 지키게 됐다.

열심히 손발을 맞춰가며 컵밥이나 핫바 등을 팔다가 잠시 한산해졌을 때 같은 반 여자애 하나가 가온이에게 다가가서 소곤거렸다.

"(너 쟤랑 친해?)"

미안하지만 다 들린다.

넷

"(그런 건 왜 물어?)"

"(저런 애랑 가까이 지내면….)"

"(지내면?)"

"(에이~ 알잖아~.)"

"(무엇 때문에 따돌려야 하는데?)"

"(그, 그건 그럴만한 이유가 다 있는 거야.)"

"(나에게는 그럴만한 이유가 안 보여.)"

동시에 반장 쪽에서도 이야기가 시작됐다.

"(쟤 때문에 손님 안 오는 거 아니냐고. ㅋㅋ)"

이 정도면 들으라고 하는 소리인가 싶다.

"흥…."

"(너는 어떻게 생각하냐?)"

"(별생각 없어.)"

"(이가온이 감싸준다고 편드냐? 이거 사랑꾼이었네.)"

순간 가온이의 관자놀이 부근에 '빠직'이 나타난 것만 같았다.

이야기는 다시 내 옆의 가온이로 온다.

"(전학 와서 좋은 이미지 만드는 게 힘들어도 저런 애까지 상대하면서 착한 척할 필요는 없어. 오히려―)"

"('저런 애'가 대체 뭐길래 상대해주면 착한 척이라는 거야? 너도 친구를 만나면서 착한 척 이미지라는 걸 만드는 거야?)"

"…."

가온이는 친구 하나를 줄여내는 데 성공해냈다. 반장은 어느 정도 기분을 맞춰주며 이야기를 풀어나갔는지 상대가 평소와 같은 표정을 유지했다.

"다 들렸어."

"저쪽 이야기도 들려서 그럴 거라 생각은 했는데. 부끄럽네~."

"어?"

"응? 손님? 우와 다른 학교에서도 오는구나."

"찾았다."

현석이가 한참을 돌아다녔는지 나를 찾은 것에 기쁨을 표하고 있었다.

"(남자친구?)"

"(그런 건 네가 반장이랑 사귀고 나서 물어봐.)"

"어서 오세─"

말을 끊은 미안하지만, 어서 올 상황이 아닌 것 같다.

"잠깐, 수업시간에 여길 어떻게 왔어?"

"그러게. 수상한데?"

그녀도 거들었다.

"오늘이 개교기념일이라서 와 봤지."

"그럼 교복은?"

"개교기념일인 줄 모르고 정문까지 갔다가 귀찮아서 안 갈아입었어."

세상에나.

"쉬는 날이면 야구부 연습이 있지 않아? 내일모레가 대회 아니야?"

"교장이 바보같이 토, 일, 월 3일 동안 운동장 보수공사를 시켰거든. 그래서 선생님도 다른 할 일이 많고 나처럼 학교 탈주를 할 수도 없다면서 오늘은 체력보충이나 하라 그랬어."

"여름에는 연습 때문에 감기까지 걸렸으면서 말도 잘 듣네."

"그야 이제까지 힘들게 했으니까 쉬어가는 거지."

대화가 소강상태에 접어들었을 때 바라본 가온이는 눈을 동그랗게 뜨고 있었다.

저건 무슨 반응일까.

"솔아, 너 그렇게 말 많은 거 처음 봤어."

"옆에 친구랑 사이좋아 보여서 잘 지내나 했는데 여전했구나."

그가 의자 하나를 끌고 와서 맞은편에 앉은 채로 말했다.

"손님, 취식 테이블은 저기 옆입니다."

"뭐 어떻다고 그래~. 앞으로 이 친구랑 친하게 지내면 되지."

"얘랑 친해질 일은 없어."

"?"

그의 이마에는 물음표 하나가 그려졌다.

"그러면 내가 지게 되거든."

"??"

하나 더 추가됐다.

"나는 내가 이긴다는 소리 밖에 안 했어."

"이기는 쪽이 있으면 패배자도 존재하는 거야."

"모두가 이길 수도 있지."

"이겨도 다른 누군가와 차이가 없다면 승리에 뒤따르는 성취감도 없을 거야."

"꼭 누군가를 밟고 올라서야 한다는 거니?"

"모두가 어깨동무하고 계단을 오르면 서로의 눈높이에는 변화가 없어."

"하지만 주변을 둘러보면 땅이 더 멀어진 걸 알 수 있잖아."

"결국 땅이 패배자의 역할이라고 생각해."

"땅 같은 무생물은 상처를 입지 않아."

"너도 밟고 올라가야 하는 게 있다고 인정했네. 내 승리야."

"으으으음."

"나도 대화에 끼워주지 않을래?"

"손님은 구매 안 하시고 공간만 차지하실 거면 나가주세요~"

나는 자리에서 일어나서 그를 의자째로 문까지 옮겼다. 기동성이 좋은 바퀴가 달린 의자였기에 가능했다.

"일부러 찾아왔는데 이러기야? 알았어, 알았다고. 대신 화장실 좀 갔다 오자."

"안녕히 가세요."

화장실에 빠르게 갈 수 있도록 복도까지 밀어버렸다. 그랬더니 그는 그대로 다리를 사용해서 복도를 질주…하려는 것을 저지당했다.

"너 이 새끼 뭐야? 점심시간에만 그러는 게 아니라 무단 결과?!"

"서, 선생님, 재량 휴—악—업일!"

그의 정수리에 원통형의 나무 막대가 적중했다.

"아, 그랬냐? 미안하다. 그래도 의자를 타고 복도에 나오는 건 우리 학생도 안 한다!"

"아악!"

그는 빼꼼히 내다보던 나한테 조심스럽게 의자를 넘겨주고 복도의 모퉁이 너머로 사라졌다.

"음악 선생님이랑 아는 사이래?"

가온이가 내 뒤로 다가와서 물었다.

"알기는 알지."

의자를 제자리에 두고 나도 제자리에 앉으니 기다렸다는 듯이 손님이 다시 몰리기 시작했다. 일반인들도 들어올 수는 있지만 이번에 몰려온 인파를 보니 확실히 학생의 비율이 높았다.

"갑자기 많아졌어. 다 같이 순회라도 도는 걸까?"

넷

가온이가 그런 감탄을 내보내도 바빠진 덕에 대답해 줄 겨를은 없었다.

"치즈 컵밥이요."

"그런 메뉴는 없어."

이건 어떤 관종일까.

"치즈는 여기 있어요."

아무리 봐도 삭은 게 최소 고3은 돼 보이는데 존댓말로 치즈를 넘기고는 헤헤거리고 있었다.

치즈 컵밥은 기본 메뉴에 그에게서 받은 치즈를 얹어서 데워줬다.

"감사합니다~."

돈을 받은 건 난데 역으로 감사까지 받았다.

"저도 치즈 컵밥."

"…."

"장난이에요. 달걀 더블 컵밥에 핫바 하나 주세요. 너는 뭐 먹을 거냐?"

"사주냐?"

"당근이지."

"그럼 가장 비싼 거로."

가장 비싼 거? 얻어먹을 때 최고의 선택이긴 하지.

"(가온아, 가장 비싼 게 뭐야?)"

"(연어 덮밥. 거기 아이스박스에 있어.)"

그래서 저게 뜬금없이 자리를 차지하고 있었구나.

아이스박스에는 여러 종류의 물고기가 한 마리씩 있었는데 내가 알 만한 건 연어와 고등어뿐이었다.

등이 푸른빛을 띠는 고등어.

"(이거 누가 가져왔어?)"

"(내가. 칼도 그 옆에 있을 거야.)"

물론 도마도 고기 종류에 맞춘 개수를 준비한 모양이다.

위생 문제가 아니잖아. 불은 못 쓴다면서 칼은 왜 쓸 수 있는데?

"오래 걸리나요?"

"하아, 기다려 봐."

왠지 제대로 된 회칼이 들어있어서 익숙하지 않은 탓에 고생 좀 했다.

"우와아⋯."

나를 모르는 이들은 턱이 떨어진 채로 감상했고 아는 이들은 똥 씹은 표정이었다. 나를 아는지 어떻게 아냐면은 대다수가 똥 씹은 표정이었기 때문이다. 당연히 내 앞에 선 줄도 짧아서 반장이 열심히 사람을 분배하는 중이다.

점심때가 다가와서 그런지 본격적인 끼니인 회덮밥을 주문하는 이들이 많아졌고 한 시간도 안 돼서 아이스박스를 치워버릴 수 있었다. 중간에 돌아온 현석이도 복도까지 늘어진 줄을 서다가 포기하고 꾸깃꾸깃 들어와서는 내가 있으려 했던 콘센트 옆자리를 차지했다.

"대단해!"

"저게 다 얼마짜리 생선이었어?"

나에게 안기는 가온이에게 그가 물었다.

"직접 잡았지~."

"⋯."

"⋯."

"못 믿어?"

"당연한 소리를."

"⋯."

넷

친분이 없는 현석이는 태클 거는 것만큼은 참은 모양이다.

"우리도—"

스피커를 통해 울리는 종이 그녀의 말을 가로막았다.

"—점심 먹자."

"응."

"가자!"

"어디를?"

"급식실이지."

"급식실은 별로…."

"3년 동안 안 갈 생각이야?"

가온이도 내가 급식실에 안 가는 걸 알고 있었구나.

"친구 말이 맞아. 언제까지 초라하게 달걀 샌드위치만 먹으려고."

현석이가 거들었다.

초코우유가 함께라면 초라하다고 생각하지 않는다.

"으음…."

"가~자아~."

그녀가 그렇게 말하면서 내가 앉은 의자를 밀고 복도로 나가려 했다. 나는 아까의 일이 떠올라서 문 앞에서 바로 내렸는데 마침 학생부장 선생님이랑 눈이 마주쳤다.

"아, 안녕하세요?"

"어~."

"솔이 친구는 반을 잘 지켜줘. 우린 갔다 올게~!"

끌려가듯이 달렸지만, 급식실의 줄은 길었다. 2열인 줄에 우리 둘은 나란히 섰다.

암살자라도 사이코패스가 되긴 싫어!

"평소에 같이 다니던 애들은?"

"축제에 들뜬 나머지 나를 챙기는 걸 깜박했거나, 절교당했거나?"

절교라면 조금은 미안…하지 않다. 스스로 초래한 일이니까.

한 학기 내내 가보지 않았던 급식실을 2학기 중간고사가 지나서야 갔더니 모두가 익숙한데 나만 어색한, 평소와는 다른 소외감이 느껴졌다. 소외감은 그렇다 치고 오전 동안 계속 무언가를 사 먹었을 터인데도 사람이 많아서 내일은 또 오지 말아야겠다는 생각이 들었다.

"부대찌개야!"

"좋아해?"

"응. 햄이나 소시지를 좋아해서 말야."

'햄을 좋아하지 않는 사람이 있나.' 하면서 흘러내리는 머리카락을 한 손으로 잡고 소시지 하나와 함께 국을 떴다. 뜨거운 국을 후후 불어서 식히는 동안 안경알이 김으로 가득해졌다.

"맛있지? 맛있지?"

맛이 없겠니?

다른 반찬들은 평범하게 나물, 김치, 고기였다. 금요일은 맛있는 게 나온다는데 중학교 때 수요일이었던 잔반 없는 날과 같은 모양이다.

"그렇게 떠들어대도 다시 올 일은 없어."

"왜? 혼자보다는 이야기하면서 먹는 게 좋지 않아?"

"이렇게나 사람이 많은 건 싫어."

"대인기피증?"

"바보같이 말하자면 (저 멍청이들이 몰려있는 게 보기 싫어.)"

"저기 어딘가에 내가 있었으면 나도 멍청이가 됐으려나~."

"그건… 모르지."

점심으로 항상 먹던 샌드위치와 초코우유는 적은 양이었기에 식판을 다 비울 정도의 위가 아니라서 남기기로 했다. 그리고 그녀가 다 먹는 걸 기다 렸다가 자리에서 일어났다.

"잠깐!"

"?…"

옆에 먼저 일어나 있던 가온이가 팔을 뻗으며 신호를 보냈지만, 내 머리 카락과 옷은 이미 축축하게 젖고 있었다.

"미, 미, 미안해. 이, 일부러 그, 그런 건…"

"미안하긴 뭘 미안해해. 저년이 제대로 안 보고 일어난 거 아냐? 앙?"

바보 같은 코맹맹이 소리와 건들거리는 목소리가 등 뒤에서 들려왔다. 이 윽고 건들거리는 목소리의 주인공을 한두 마디씩 거드는 이들이 모이더니 양옆 통로를 막아버렸다.

뒤에 있는 찐따 하나는 무시해도 되겠고 오른쪽 다섯이랑 왼쪽 넷. 아홉 명이 한꺼번에 몰려있으면 더 좋았을 것을 귀찮게 나누어져서는….

주먹에 힘이 들어가고 심장박동이 빨라지며 근육은 긴장하기 시작했다. 정신없는 축제를 노리고 같이 뭐 돼보자는 거 같은데 받아주지 않을 이유 는 없다.

이제 내 차례인 줄 알았지만 가온이가 내 주먹을 두 손으로 감싸더니 뺏 어갔다.

"너희 쟤한테도 시킨 거지? 빨리 제대로 사과해."

"아까도 말했잖아. 이 친구가 지나가는데 찐따년이 안 보고 일어났다고. 못 들었어?"

"그런 말이 통할 거로 생각해?"

"전학생이라서 잘 모르나 본데—"

"뭘 알아야 하는데? 다른 게 있어?"

"어허… 이걸 확!"

싸가지는 주먹을 휘두르는 척했고 그걸 자기들끼리 '야, 네가 참아.'같은 소리를 지껄이며 시시덕거렸다. 정작 참을 건 이쪽인데 말이다.

가온이가 진짜로 나를 이기고 싶은지 직접 길을 뚫어서 화장실까지 데려다주었다.

"선생님께 말씀드리고 집에 갔다 와. 가깝잖아."

"아빠가 걱정하실 거야."

걱정보다는 학교가 터진다거나 살인사건이 일어날지 모른다.

"옷은 체육복 있어?"

"응. 오늘 원래 체육 있어서 자연스럽게 챙겼어."

"머리카락 어떡해…. 씻어, 우리 집에서라도."

거울에 비쳐야 할 은발이 빨간색 국물로 물들어 있는 걸 보니 이번 호의는 잘 받아줘야겠다.

1학년 교무실에 들러서 외출증과 함께 그 녀석들을 묵사발 내 버리겠다는 담임선생님의 당부를 받았다. 그리고 가온이에게 받은 열쇠로 그녀의 집에 들어갔다.

시대가 어느 시대인데 아직도 열쇠를 쓰네.

씻을 때 필요한 건 전부 화장실에 있다고 했다. 드라이기는 서랍의 파란색 칸에 있다고 해서 찾다가 집안을 물바다로 만들지 않게 미리 찾아두었다. 교복은 냄새 때문에 다시 입을 수 있을지 의문이지만 비눗물에 담갔다.

빨래할 줄 모르는데 그냥 버릴까.

안경을 선반에 벗어두고 저 높이 걸려있는 해바라기 샤워기를 틀어서 머리카락부터 찝찝한 것들을 씻어 내려갔다. 하지만 다 씻은 뒤에도 물이 흘러나오는 샤워기를 잠글 수 없었다.

괜찮다고… 보였겠지? 그랬으면 좋겠는데….

처음으로 괜찮은 척을 해 봤다. 이게 괜찮은 척인 지도 사실은 잘 모르겠다. 지금까지는 전부 괜찮았다. 괜찮았을 텐데… 왜?

퉁퉁 부어버린 눈 때문에 교무실에만 살짝 들러 복귀를 알리고 옥상으로 향했다. 가온이에게 메시지를 남기려 했는데 연락처가 없어서 그냥 두기로 했다. 가까워진 지 하루 밖에 안 된 사람의 연락처를 찾게 될 날이 올 줄은 몰랐다.


옥상은 열려있다는 소리만 들었지 가본 적은 없어서 잠겨있으면 도서관이나 가야 하나 했는데 문은 살짝 열려있는 채로 썰렁하게 방치돼있었다.

예쁘게 꾸며놨으면 다들 쉬는 시간마다 올라가서 논다고 난리를 쳤겠다고 생각하며 문 바로 옆의 넓은 옥상에서 딱 하나 있는 벤치에 앉았다. 그늘이 져서 쌀쌀하지만, 햇빛 하나 때문에 고독하게 바닥에서 무릎을 끌어안고 앉아있을 생각은 없다.

5분쯤 지났을까 핸드폰의 검은 화면으로는 눈가가 붉은지 알 수 없어서 전면카메라로 얼굴을 비춰봤다.

이 정도면 가라앉은 거겠지.

그래서 돌아가려는데 옥상으로 올라오는 계단에서 가온이를 마주쳤다. 불안한 표정이 왠지 다음 전개가 머릿속에 그려진다.

"나 대신 싸우기라도 하러 간 거야?"

"그게 무슨 소리야?"

"현석이…."

잘못 짚은 모양이다. 그냥 사라져버린 나를 찾아다녔나 보다.

"현석이? 네 친구? 어떤 여자애를 쫓아가던데."

남의 학교에서 운명의 짝을 찾는 짓이나 하고 있네. 잘 되길 빌어줘야 하나?

"이제 우리가 놀 차례지?"

"맞아. 어디부터 가볼까?"

"딱히 생각해 둔 건 없어."

"그러면 구슬 아이스크림 파는 2학년 3반부터 가자!"

구슬 아이스크림이면 액화 질소…. 그래, 불은 화상만이 아니라 화재의 위험도 있으니까.

두 개의 층을 내려가서 아이스크림 가게 앞에 도착하자 핸드폰이 울렸다.

[먼저 갈게.]

"쫓아가던 여자애랑 잘 돼서 둘이 재미있게 놀러 가나 보네~."

"자연스럽게 훔쳐보는 거냐."

먼저 간다는 메시지를 받으니 잘되기보다 차여서 도망가는 거였으면 한다.

"줄도 길고~ 심심한데~ 그럴 수도 있지~."

아직도 후식을 찾는지 앞으로 열 명이 있었고 우리가 가장 마지막이었다. 기다리고 있었더니 반장이 친구 둘을 끼고 재잘거리며 다가오는 게 보였다. 그들의 종착지는 우리의 뒷자리였다.

"너도 아이스크림 먹으러 왔구나!"

"어."

반장은 표정의 변화가 없었지만, 나머지 둘은 나를 보고 시선을 이쪽으로 돌리지 않으려 부단히 노력하고 있었다. 내가 잡아먹는 것도 아닌데 말이다.

"줄이 길어서 기다려야 할 거야."

넷

"그건 나도 보면 알아."

"솔아~!"

음… 또 누군가가 등장하네.

지은이가 내 이름을 부르며 뛰어왔다. 오늘을 재량 휴업일로 쓰는 학교가 많나 보다.

"너도 오늘 학교 쉬어?"

"(도리도리)중간고사 마지막 시험인 영어를 성공적으로 마치고 달려왔지."

또 헛다리다.

"우리는 진작 끝났는데 아직도 시험 기간이었구나."

"덕분에 이렇게 놀러 올 수도 있어서 좋다. 그런데 너도라니? 다른 학교는 쉬었대?"

"현석이가 개교기념일이라고 아까 왔다 갔어."

"아~ 옆에 남고! 아는 애들이 사흘 동안 쉬어서 놀러 간다고 한 것도 같아."

'발도 넓은 애가 뭐가 좋다고 나랑 놀아주는 걸까라는 생각은 접어둔 지 오래다.

"친구?"

가온이가 지은이를 가리키며 물었다.

"소꿉친구."

"뭐야~ 친구 많았잖아."

"이게 전부인데 뭐가 많아."

"그래? 반장, 너는 어떻게 생각해?"

"뭘?"

"친구는 몇 명부터 많은지에 대해서."

"수시로 연락한다고 한다면 10명 이상."

반장은 시시한 질문임에도 열심히 고민하다가 답했다.

"기준점 높아~."

"하지만—"

"마음을 나눌 수 있는 친구는 한 명이면 많다! 어머, 말을 끊어버렸네."

지은이가 잽싸게 끼어들었다.

"나도 그 말 하려고 했어."

반장의 일행은 아이스크림을 사고 눈치껏 빠져주었다. 오랜만에 학교에서 만난 지은이, 반장, 가온이와 함께 재미있게 노는 것으로 축제는 마무리됐다. 집에 오자마자 녹초가 돼서 방송은 거르고 잠들었다. 기대하던 마인크래프트였는데….

다음 날, 축제는 어제뿐이었어도 여운은 일주일을 갈 기세로 계속됐다. 신나는 건 학생이지만 그것을 잠재우느라 고생하는 건 선생님의 몫이었다. 포기하고 정말로 잠재워 주신 선생님도 있었다.

점심시간에는 가온이가 내 쪽을 잠시 바라보더니 이내 친구들과 급식실로 내려갔다. 나름의 배려라는 것은 알겠다.

"축제 재미있었어? 나는 덕분에 하루 더 쉬었지 뭐니."

"네, 뭐…."

"쉬는 김에 축제에 가려고 했는데 이런 애매한 나이에 친분이라고는 공무원밖에 없는 고등학교에 들어가려 하니 막상 어렵더라."

"20대면 아직 젊어요."

"그렇게 보였다면 고마워. 30대도—"

"30대는 아저씨예요."

상처를 받은 매점 아저씨를 뒤로하고 어제의 옥상 벤치가 아닌 늘 앉던 초록 풀 사이의 벤치에 앉았다.

"솔아."

"응?"

어?

그는 평소의 울타리 너머가 아니라 벤치 옆 벚나무에 기대있었다. 발소리가 나지 않게 얼마나 조용히 왔으면 그가 불러서야 온 것을 알아챘다.

"왜 들어왔어? 그것보다 누가 들여보내 줬어?"

"열심히 졸라서 들어왔지."

학교 후문이 조른다고 쉽게 뚫리는 문인 걸까.

"굳이 여기까지 들어온 이유가 뭐야?"

"네 학생증…."

"학생증이 왜?"

"아, 아니, 청소년증 쓸 만해?"

학생증을 잃어버리고 교무실에 말하려고 갔을 때 선생님이 추천해줬다. 교통카드 기능이 있다고 해서 만든 것을 그가 흥미롭게 봤었다.

"그런 시시한 말 하나 전하려고 들어왔구나."

"그게…."

"청소년증이라면 주민등록번호까지 적혀있어서 쓸데는 없는데 부담만 돼. 간단하게 말하자면 주민번호 있는 교통카드."

"괜찮나 해서."

잊고 싶었는지 가슴 어딘가가 쿡 찔리는 느낌과 함께 어제의 일이 떠올랐다.

"내가 그런 거에 신경 안 쓴다는 건 알잖아."

"그래도 그건 심했어. 정도가 있지."

동정인지 분노인지 알 수 없는 감정이 나에게까지 닿아왔다.

"대신 싸워주지 그랬어."

"…우리 야구부에 고학년이 없는 이유가 폭력사건에 휘말려서래. 정당한 쪽도 비겁한 쪽도 퇴학당하거나 그렇지 않은 사람도 야구부에서는 퇴출됐대."

"꽤나 복잡한 얘기인가 봐?"

"나도 전해 들었어."

"그럼 야구를 안 했으면 9대1로 싸웠을 거야?"

"9명이나 있었어?"

"응."

"흐음… 그렇게 말해도 야구를 하지 않았다면 지금 여기에 있을 수 있을까가 먼저야."

교묘하게 피해갔지만, 덕분에 가슴에 가시가 하나 더 박혔다. 당시에는 존재조차를 몰랐던 가시가 왜 이제야 박혔는지 모르겠다.

"잘도 웃으면서 그런 얘기를 하네."

"지금은 다 지난 일이니까. 몇 달이고 몇 년이고 슬퍼하고 또 슬퍼해도 돌아오지 않는 거니까."

"너는 쉽게 말해도 듣는 사람 입장도 생각해 줬으면 해."

"이런 얘기는 역시 불편하지?"

응.

"아니, 다른 사람 앞에서도 그러고 다닐까 봐."

"그건 날 생각해주는 거야? 무감각하다는 걸 알려주는 거야?"

원래의 나와 새롭게 싹트고 있는 내가 첨예한 대립을 이루다 모순을 낳았다. '응'이라고 대답하는 쪽이 훨씬 나았을 거 같다는 후회도 함께였다.

"좋을 대로 해석해."

"무감각하게 생각해준다?"

두 선택지 중 중간을 찾으려다 이상해진 해석은 무시하기로 하고 학교가 끝나자 집에 와서 어제 못 본 방송의 다시 보기를 돌려봤다. 그렇게 하루가 끝날 예정이었다. 모든 일이 계획대로 풀리는 법은 없다는 건 나도 잘 알지만, 하루의 마무리 정도는 계획대로 움직여줬으면 한다.

[아까 미처 말하지 못한 게 있어.]

[지금 말 해봐. 들어줄게.]

문자라서 들어준다기보다는 '봐 준다.'가 맞겠다. 그도 같은 생각을 했는지 바로 전화가 걸려왔다.

"여보세요."

"만나서 해야 할 얘기야. 시간 돼?"

"고백이라면 거절할게. 친구는 구하는 일이 생겨도 남자친구는 안 구해."

"장난치는 거 아니야."

고백도 장난은 아니지 않나?

"그러면?"

"네 친구 한지은에 관한 거."

지은이의 뭐에 관한 건지 의미를 알 수 없는 말에 궁금해져서 시간을 확인했다.

8시 40분.

"이 시간에 여고생이 돌아다니려면 어머니의 검문이 필요하겠는데?"

"저번에는 케이크며 죽이며 잘만 돌아다녔잖아."

"지은이네에서 자고 온다고 나갔던 거야."

"이번에도 그러고 나와."

"이야기의 당사자를 변명에 쓰기엔 아니지 않아?"

"알았어, 그쪽으로 갈게. 9시 전에는 도착해."

사실 궁금함과 귀찮음을 저울질해보다가 나가기 귀찮음이 더 커서 그랬다. 잠깐 이야기하고 오는 걸 막을 이유는 없었다.

[앞이야.]

통화로부터 10분이 지나서 온 문자에 밖을 내다보니 그가 서 있었다.

"빨리 왔네."

"늦장은 어제부터 충분히 부렸으니까."

나는 침대에 걸터앉았고 그는 바닥에 앉았다가 내가 권유하자 그제야 책상 의자로 자리를 옮겼다.

"어제부터라니?"

"잃어버렸던 네 학생증, 걔가 가지고 있었어."

"수빈이가 왜?"

"섣불리 의미부여를 할 순 없지만, 반에서 기다리는데 지갑에 들어있는 게 얼핏 보였어."

"잘…못 본 거 아냐?"

"학교에 쓸 증명사진을 염색하고 찍을 사람은 없겠지. 확실히 은발이었어."

"단지 주워서 가지고 있는 걸 수도…."

연락하고 지내는 사이에 돌려주지 않을 이유는 없었다.

"너도 수상하다고 생각하지?"

자리에 없는 수빈이의 변명을 대신 해주기 위해서 머리를 데굴데굴 굴려댔다. 실제로 침대에서 굴러도 봤다. 내가 할 말이 없다는 걸 눈치채자 현석이의 입에서 학생증 따위는 문제가 되지 않을 폭탄이 흘러나왔다.

"네 왕따 한지은이 주도한 거야."

청천벽력 같은 소리다. 그의 입으로부터 나온 폭탄이 하늘을 뚫고 벼락

넷

을 치게 했다.

"괜한 소리 하지 마."

소꿉친구가, 곧 있으면 10년지기 친구가 갑자기 튀어나온 녀석한테 모함을 당하는데 믿어 줄 생각이 있을 리 없다.

"기분은 알겠는데 천천히 들어 봐."

현석이는 가볍게 숨을 고르고 주머니에서 핸드폰을 꺼내며 말했다.

"녹음—"

"닥쳐."

듣고 싶지 않은 건 당연하다.

"이상하지 않아? 왕따랑 몇 년을 놀아준다는 게?"

"놀아주는 것 따위가 아니야."

"생각해 봐 너한테 나보다 좋은 사람이 잔뜩 생겼어도, 점심시간마다 울타리 너머에서 부르거나 오늘처럼 빌어야지 옆으로 다가갈 수 있는 내가 아니라 축제 때의 여자애처럼 쉬는 시간이든 수업시간이든 옆에 있어 줄 수 있는 사람이 잔뜩 생겼어도 나랑 놀 거냐고."

무엇이라도 말하지 않으면 완전히 말려버릴 것 같아 입을 뻐끔거렸지만 나오는 것은 없었다.

"한 번쯤은 있지 않았어? 서로 친구가 없어서 너랑 친해지려 했다가 다른 무리에서 구원받은 친구가. 응?"

한 번쯤이 아니라 중학교 1, 3학년 때 둘씩이나 있었다. 내가 이번에도 답을 못하자 그는 충전했던 말들을 또다시 쏟아부었다.

"사람이 인간적이니 휴머니즘이니 약자를 배려한다느니 해도 결국에 약자를 곁에 둬서 좋을 일이 없다는 건 쉽게 알 수 있어."

"자원봉사를 하는 사람들은?"

"곁에 두는 게 아니라 도움을 주는 거지."

"그럼 나는?"

"네가 약자라고 생각하지 않아."

"이제까지 한 말이 나를 지칭한 거잖아."

"다른 사람의 눈에는 친구가 없고 학교에서 소외당하는 너를 약자라고 생각할지도 모른다는 소리야."

"나는 친구 없는 찐따년이 맞아. 네가 뭘 안다고 약자가 아니라고 말해?"

현석이의 목소리는 아직도 나긋했다. 이에 비교되게 나는 수세에 몰렸음을 인정하듯이 쏘아붙였다.

"한 번도 그렇게 생각하지 않은 거 아니까 거짓말하지 마."

그가 나를 훤히 꿰뚫고 있다는 사실에 잠시 정신이 들어서 주객이 전도된 상황이라는 것을 깨달았다. 하지만 내게 발언권이 되돌아왔어도 이야기의 주제를 되돌릴 주도권은 없기에 침묵이 흘렀다.

"이제 됐지? 나는 네가 소꿉친구마저도 가지치기해내는 강자라고 믿어."

"나랑 지은이의 사이가 부러워도 그건 좀 아니라고 생각하는데."

목소리가 점점 기어들어 갔다.

"교실에서 한지은이 친구들과 실컷 떠들다가 갑자기 자리를 뜨는 게 나를 보고 피한다는 느낌이 와서 따라가서 녹음한 거야."

그는 말하는 동안 손에 꼭 쥐고 있던 핸드폰을 조작해서 녹음해둔 파일을 재생했다. 거슬리는 소음에도 한지은의 목소리는 정확히 들려왔다.

"이제 알겠어?"

재생되고 있는 파일의 내용은 평범한 뒷담화였다. 그 목소리의 주인 중에 뒷담화 주인공의 소꿉친구가 없었다면 말이다.

"한지은이 확실해?"

"더 들어 봐."

이윽고 내가 친구가 많아지자 떼어내자는 말이 들려왔다. 이내 이간질하는 방법을 논하는데, 성공했던 적이 있다며 수빈이의 이름이 한지은의 입에 올랐다.

"이 부분이구나."

"(끄덕끄덕)"

"알겠어. 돌아가."

"그게 전부?"

"몰래 녹음한 게 증거로 쓰여도 범법행위인 건 변하지 않아."

"신고 같은 거창한 거 말고 감정이라던가."

"네 옆에 있는 책상이라도 엎을 줄 알았어?"

"저기에 샌드백은 있어서."

"밤에는 시끄러우니까 내일 등교하기 전에 마음껏 쳐 줄게. 네가 나한테 직접 얘기하러 온 것처럼 나도 걔랑 만나서 대화해 봐야겠어."

다음 날 점심시간에 찾아온 그는 걱정하는 표정이었다. 그런 그에게 '네가 고자질해놓고 걱정도 해주냐.'며 말해 주었다. 그리고 학교가 끝나자 가방만 내려 둔 채로 연락조차 하지 않고 무작정 한지은의 집에 찾아가 문을 두드렸다.

"누구세요?"

어제 녹음 파일에서 흘러나온 목소리가 어김없이 나를 맞아준다.

"나야."

"솔이? 어쩐 일이야?"

이틀 전에 만났어도 반갑다는 듯이 그녀는 현관문을 활짝 열어젖혔다.

"고민이 있어서 그런데 잠깐 나와줄 수 있어?"

"아직 옷도 못 갈아입었어. 응? 너도 교복이네. 엄마~ 나 요 앞에 나갔다 올게~."

내부에서 늦지 말라는 아주머니의 대답이 들려오자 그녀와 나는 건물의 밖으로 나와 걸었다.

"아~ 네가 고민이라는 말을 꺼내니까 왠지 어색하다. 그래서 고민은?"

"친구 관계."

"내가 매일같이 말해도 어찌 되든 상관없다면서 이제야 말하네."

"안 도와줄 거야?"

"당연히 도와줘야지!"

"나를 왕따시키는 주범을 찾았어."

"그래? 근데 그게 어째서 친구 관계야? 왕따하려면 보통 싫어하는 사람이 그러는 거 아냐? 축제에서 같이 있던 여자애가 사실 주범이었대?"

그녀는 언제나처럼 생글생글 웃는 모습이었지만 말이 의식될 정도로 많아졌다.

"아니, 너."

"나? 아하하, 무슨 소리야~ 오늘이 만우절이었나?"

"발뺌하지 마."

"발뺌이라니, 누가 내 험담이라도 했어? 소꿉친구가 사실 왕따 가해자라는 소설 같은 음모론을?"

대답 대신에 현석이에게서 받은 녹음 파일을 틀어주었다. 그러자 그녀의 표정은 실시간으로 굳어져 갔다.

"모, 몰래 녹음했어? 불법인 건 알지?"

목소리 또한 희미하게 떨리기 시작했다.

"어제 열심히 찾아봤거든. 어느 쪽이 더 잘못했는지. 녹음 정도는 아무것도 아니더라."

"..."

"이유가 뭐야? 이제까지 원인은 전부 너였어?"

한지은은 고개를 떨군 채 대답하지 않았다.

"왜 말이 없어? 이거 진짜 네 목소리야? 그래서 답을 못하는 거야? 이번 한 번만 그랬다는 변명조차도 못 할 정도로 오래됐던 거야?"

설마 하는 마지막 희망마저 산산 조각났다.

"…4학년 때는 내가 한 게 아니었어."

"외모 때문인 줄 알았는데 어느 새부터인가 왕따의 이유조차 사라지던 게 네 덕분이었구나."

"네가 나랑만 있었으면 좋겠다는 생각을 했어."

내 말이 끝나기도 전에 그녀가 입을 열었다.

"학년이 바뀌고 못된 애들에게 따돌림당하는 너를 보고 안도감이 들었어. 친구가 나밖에 없던 게 좋았어. 마치 인형 같은 네가 오직 나와만 함께 하니 행복했어."

"내가 그렇게 좋으면 현석이는 왜 안 건드렸는데."

"걔랑 같이 있는 너도 행복해 보였으니까. 행복해 보이는 너는 이제까지 내가 봐 왔던 그 어떤 모습보다 아름다웠으니까. 그래서 포기했어."

"그럼 수빈이는…?"

"내가 사랑하기를 포기한 거야. 현석이라는 애와 함께할 수 있도록."

순간 머리가 하얗게 비어서 겨우 정신을 차릴 수 있었다.

"자, 증거 다 모았다. 법정에서 보자."

나는 녹음된 파일을 보여주고 뒤돌아서 발걸음을 옮겼다. 하지만 그녀는 내 팔을 갑자기 잡아당기더니 바로 옆의 구석진 곳으로 끌고 들어갔다.

"뭐 하는 거야?!"

"이럴 때를 대비해서 나도 준비해 둔 게 있어. 중2병 놀이, 실은 살인청부업이지?"

"아니."

"이걸 보고도?"

그녀는 핸드폰을 들이밀었다. 놀이공원에서 있었던 테러범의 시체와 나의 얼굴이 함께 찍혀 있었다. 구도로 보아서 사진 속의 나는 손목시계의 시간을 확인하던 것 같다.

"손목시계?"

"친구가 준 선물이라고 놀러 갈 때마다 차고 다니는 모습 보기 좋았어!"

미친 게 분명하다.

"나를 훔쳐보면서 기분 좋았다니 기쁘네. 누군가를 행복하게 만들어 줄 자신은 없었거든."

"그 전부터 나 사실은 행복했을지도? 말 한마디에 친구가 떨어져 나가는 모습도 보기 좋았다고~. 그게 본래의 목적은 아니었ㅡ"

참고 있던 배신감에 의한 분노가 입막음이라는 변명으로 터져 나왔다. 주먹이 그녀의 콧대에 적중했고 이내 후두둑 코피가 회색 바닥을 적셨다.

이성의 끈은 공원에서 놓친 풍선처럼 저 멀리 날아가서 다시는 잡을 수 없게 되어버렸다. 한 대를 칠 때마다 연약한 여고생의 몸은 벽에 부딪혔고 저항은커녕 서 있기마저 못하게 된 그녀는 바닥을 안방 삼아 신나게 구르고 있었다.

"그만둬!"

손가락 마디와 손목의 얼얼함에 제풀에 지쳐갈 때쯤 누군가 소리치며 달려왔다. 그 목소리의 주인은 나를 뜯어말렸지만 혼자 힘으로 감당할 수 있을 리가 만무했다.

"현석아, 끼어들지 마."

순간 눈이 마주치자 그의 표정은 두려움에 빠르게 잡아먹혔다. 마치 내가 그의 집에 첫 방문 했을 때와 같았다.

이전과 같이 간단히 제압당한 그는 무시하고 두 손을 그녀의 목을 움켜잡았다. 그녀가 양손으로 내 손목을 잡고 버텨보려 했어도 그 손의 힘은 오래가지 못했다.

"그런 걸 알면 죽일 수밖에 없어."

"으그그극…끄윽…"

"살인을 저지를 생각이야?!"

그가 두려움에서 깨어났는지 몸을 던져 그녀에게서 떨어지게 했다. 하지만 늦었다. 이미 숨통은 끊어졌을 테다. 그런 걸 아는지 모르는지 그는 구급차도 부르고 깨워보려 애를 썼다.

"소용없어."

나는 핸드폰의 협박용 사진을 지워냈다. 원본이라는 것을 자랑하듯이 몰카용 앱도 떡하니 있었다. 물론 지문이 남는 건 완벽하게 차단했다.

분노를 비워내자 남아서 마음의 빈자리를 채워가는 공허함과 함께 집으로 돌아갔다. 현석이가 등 뒤에 대고 외친 나도 죽일 거냐는 말이 머릿속에 맴돌았다.

엄마는 아직이었기에 피가 튄 교복을 입고 방으로 올라갔다. 침대에 누워서 이른 시간에 눈을 감아보는데 지은이의 웃는 얼굴이 아른거렸다. 그뿐이었다.

그대로 잠들어서 평소보다 오래 자기는 했지만, 일어나는 시간은 평소와 같았다.

한지은은 현석이가 노력한 덕에 죽지 않았는지 애들의 입에 오르내리고 있었다. 그녀의 존재를 아는 이들은 내가 복수한 거라며 더욱 싸늘한 시선을 보내왔고, 가온이는 괜히 심심해서 꾸며내는 이야기라며 나를 위로했다. 꾸며낸 게 아니라 한 치의 오차도 없는 진실인데 말이다.

"아저씨 그거 들었어요? 여고생 살인미수 사건."

"어~ 너도 뉴스 봤구나. 요즘 애들은 무섭다니까."

말을 하는 도중에 삑 하는 소리가 두 번 울렸다.

"용의자가 나왔었나요?"

"같은 고등학생이 때렸다고 하는데 머리를 많이 다친 모양이라서."

계산된 것들을 들고 나가려는데 빗방울이 하나씩 떨어지더니 순식간에 바닥을 적셨다. 아침에 아빠가 우산을 가져가라고 한 말을 들었어야 했다 싶었어도 어차피 반에 두고 왔을 것이다.

"우산 빌려줄까?"

"안에서 먹을 수 있잖아요."

"(끄덕끄덕)"

"…그냥 빌려주세요."

점심을 먹고 또 매점에 들를 돼지들이 떠올라서 밖에서 먹기로 했다. 우산을 한 손으로 잘 잡고 벤치에 앉았다. 아직 잎이 떨어지지 않은 벚나무가 벤치가 흠뻑 젖는 것만은 막아주고 있었다. 현석이는 모습이 보이지 않았고 대신에 한지은의 번호로 전화가 걸려왔다.

"여보세요?"

"솔이니? 지은이 엄만데 물어볼 게 있어서 전화했어."

방금까지도 울었는지 목소리가 잠겨있었다.

"목소리… 아니에요."

모르는 척 무신경한 척 말실수한 척을 했더니 아주머니는 목을 가다듬고 말을 시작했다.

"어제 지은이랑 나가서 어떻게 된 거니?"

"어떻게 되다니요?"

"언제 헤어졌는지…."

"그거라면 잠깐 이야기하다가 저는 집에 갔어요."

"그랬었니? 지은이가 머리를 다쳐…어머 내가 뭐래."

"안 좋은 일이 생겼나요?"

"아, 아무것도 아니야~ 점심시간 뺏어서 미안하다."

뚝.

성급하게 끊네. 이거 완전히 의심받고 있잖아.

경찰이 시킨 건지 몰라도 내 알리바이를 캐내려 했다. 현장에서 증거가 남지 않은 이유는 오래된 주택가라서 내가 찍힌 CCTV가 하나도 없었던 게 아닌가 한다.

비가 와서 안 온 줄 알았던 현석이는 다음 날도 그다음 날도 얼굴을 비추지 않았다. 또 하나의 친구가 떨어지는구나 싶었다. 라고 생각하고 있을 수만은 없었다.

특별하지도 않은 그 목소리를 듣고 싶다. 아니, 글이라도 좋으니 이야기를 나누고 싶다. 하지만 자아를 가진 손가락이 그의 연락처를 누르는 것을 거부했다.


정확히 일주일이 지나자 전국대회가 있다는 게 떠올라서 대진표를 찾아봤다. ○○남고 17일 9시 30분 경기. 신월 구장이라서 처음 보러 갔을 때가 떠오른다.

　머리는 묶어서 뒤통수로 가지런히 모았고 모자와 선글라스로 얼굴을 가렸다. 마스크까지 쓰면 수상해 보여서 하관은 그대로 두었다. 이렇게 가리든 말든 현석이는 관중석을 쳐다보지 않는다.

　선발로 나온 그는 몸쪽 깊숙한 공을 던져대며 상대의 타선을 농락했다. 1년도 안 돼서 눈에 띄게 실력이 늘었다. 중간중간 장타가 있어도 흔들리지 않고 무리하는 게 아닌가 싶을 정도로 공을 던져대더니 완투로 경기가 끝났다. 그의 존재로 인해 ○○남고의 야구부는 더이상 약팀으로 보이지 않았다.

　가끔 이기고 나서 건네주던 공도 안 날아왔다. 마지막까지 혹시나 하는 마음으로 인파에 섞여서 빠져나간 탓이기도 하지만 경기가 끝나고 항상 포수가 건네주는 공을 받아서 만지작거리기라도 하는데 그런 것도 없었다.

　얼굴을 본 것만으로 만족하고 돌아가려는데 핸드폰이 울렸다. 현석이가 문자라도 보내줬나 싶어서 들여다본 액정에는 의아한 말들이 적혀있었다.

　[긴급수배.]

　[전술 헬멧 탈취 및 기밀 유출 혐의로 민준웅이 유력용의자.]

　[무장은 권총 한 자루. 하나 생포할 것.]

　버스에서 그와 마주칠까 봐 택시를 불러두었는데 마침 잘 됐다. 장비를 챙기기 위해 집까지 가장 빠르게 밟아달라고 부탁했지만, 기사님은 선량한 시민이었다.

　부랴부랴 벽장을 뒤지며 총과 탄알을 챙겼다. 권총 한 자루가 빈다는 것을 깨달았을 때는 그 권총의 총구가 내 머리에 겨눠져 있었다.

　"장전하지 마. 총만 들고 자연스럽게 나간다."

　"아, 아빠, 왜 그래?"

　총이 다른 사람들에게 보이지 않게 등으로 옮겨지고 나를 데리러 온 조종사 언니조차 속수무책이었다.

"서울 하늘로."

"용의자로 몰리더니 격추당하고 싶어?"

"조종사 언니 괜히 건드리지 말아요. 그러다 진짜 같이 터진다고요."

"애 말이 맞는다. 뭐가 날아오던 피하든지 교신으로 설득하든지 해라."

"제대로 미쳤군."

제한 구역에 들어가자 뒤에 바짝 붙었던 헬기 두 대가 경로를 예측하는지 동쪽으로 떨어져 나가고 경고 음성이 들려왔다. 조종사 언니가 인질이 있다며 대화를 시도했지만 다가오면 격추라는 말만 되돌아올 뿐이었다.

"그 정도면 됐다. B 구역 경계를 찍고 인천으로 빠져."

"진작! 말하라고!"

"우아아아아아아아!"

헬기는 급선회하며 한강 위를 내달렸다. 마침 국군의 헬기가 저 멀리에서 떠오르고 있던 참이었다. 비행 제한 구역마저 빠져나가자 모든 추격이 사라졌다.

"민준웅, 이유가 뭐야?"

아빠가 이름으로 불리는 걸 듣는 것은 실로 오래간만이다.

"정신을 차린 거다."

"정신 차리긴. 그런 사람이 딸을 인질로 잡아?"

"둘 다 쏴버린다."

"아아 조종사 언니 제발 가만히 있어 줘요. 나 죽기 싫어."

설마 나까지 쏘겠냐마는….

우리는 항구에서 컨테이너들이 몰려있는 곳에 내렸다. 아빠는 나무 상자의 손잡이를 한 손에 든 채였다.

"조종사 너는 가 봐."

그녀는 내가 아직도 인질로 잡혀 있어서 선뜻 발걸음을 떼지 못했다. 그렇게 몇 분을 우물쭈물하다 아빠의 위협에 반대편의 컨테이너 사이로 사라졌다. 그녀가 도망치며 신고했는지 사이렌 소리가 들려왔다.

"신고해서 경찰 오나 봐. 순찰차라고 해도 나를 껴서 3대 1로 싸울 생각이야?"

"그럴 생각 없다."

말을 마친 아빠는 나를 열려있는 컨테이너에 던져넣고 재빠르게 문을 닫았다. 이내 철커덕하며 잠기는 소리도 났다. 손에 들려있는 리볼버에 인질로 잡히기 전 챙겨두었던 12발 중 6발을 넣고, 잠금장치든 뭐든 아무나 맞으라고 쏘아댔다.

컨테이너 안에서 울리는 총성에 귀가 아파 5발째에서 멈췄다.

"이거 열어!"

사이렌의 주인은 어디 갔는지 항구에서 총성이 울려도 찾아내려 하지 않았다. 대신에 다른 자동차의 엔진 소리가 들려오자 한 발을 쏘아서 내 위치를 알렸다. 앞에서 멈춘 소리에 쾅쾅 두드렸더니 문이 열렸다.

"어… 오랜만이네요?"

"오랜만은. 아까 구장에 온 거 봤다. 둘이 싸웠어?"

동업자인 남고 체육 교사가 자가용을 타고 경기의 뒷정리가 끝나고 부랴부랴 출발했던 모양이다.

"싸우긴요. 그랬으면 가지도 않았죠."

"혼자 삐졌나 보네, 화해해라."

"그건… 그럴 수도 있어요."

"잡담은 이만하고 민 씨면 가족이야?"

"네."

"내키지 않으면 선생님만 갈게. 여기 있어."

"여긴 교단이 아니에요."

"크흠, 입버릇이야."

"혼자 자신 있나요?"

"날고 긴다 해도 젊은 피에는 안 통하지."

그럴 일은 없지만 만약에 사사로운 정이 개입하면 안 된다는 걸 알기에 나는 순순히 물러섰다. 그래도 체육 교사의 자신감이 독이 될까 하는 마음에 거리를 두고 뒤따랐다.

컨테이너 사이로 다녔다가는 기습이 있을 테니 먼저 외곽을 돌았다. 그리고 자연스레 헬기가 합류해서 용의자 찾기에 가속이 붙었다.

[위치에서 서남쪽 100m 거리에 움직임 발견.]

"반대쪽이었네."

"그러게요."

주변을 주시하면서 방향을 바꾸는데 비가 내리기 시작함과 동시에 핸드폰의 진동이 울렸다. 요새 가을비가 잦다.

[우리 조종사로 확인됨.]

"조종사가 언제부터 땅에서 기어 다녔나?"

"아까 제가 타고 온 헬기일 거예요."

"헬기가 있었어?"

"시야 너무 좁은 거 아니에요? 조금만 더 가면 아까 있던 자리니까 봐 보세요."

나도 혹시나 해서 바라봤는데 아빠가 헬기를 타고 도망쳤다거나 하지는 않았다. 애초에 헬기 조종도 할 줄 모르시긴 하다.

계속 같은 방향으로 걷는데 미세하게 총소리가 울렸다. 소음 차폐 성능이 뛰어난 맥심 9이라 그런지 가까운 거리인 것 같은데도 매우 작았다.

[위치에서 서쪽 50m 거리에 민준웅 확인됨.]

마침 도착한 메시지를 소리 내어 읽자 체육 교사는 냅다 뛰기 시작했다. 발소리가 나지 않게 다가가는 게 좋을 텐데 왜 뛰는가 싶어서 실눈까지 뜨고 그가 향하는 곳을 바라봤다. 모퉁이 너머에 있는 듯한 경찰차의 경광등이 컨테이너와 비로 인해 축축해진 바닥에 미세하게 반사되고 있는 게 보였다.

차를 타고 도주하려는지 아까의 경찰이 당해서 차만 남은 건지 제대로 판단되지 않는 게 문제였지만 그는 그런 잡생각 따위는 무시한다는 듯이 모퉁이 너머로 돌아서 모습을 감추었다. 바로 따라붙었는데 별다른 소리가 들려오지 않아서 어느 한쪽이 단번에 당했다는 결론을 내리던 찰나 시동 걸리는 소리와 함께 경찰차의 운전석에 사람의 윤곽이 드리워졌다.

경찰차는 양옆에 컨테이너가 늘어선 직선 길을 달리고 있다. 나는 놀이 공원에서와는 다르게 리볼버를 능숙하게 장전하고 머리를 조준했다.

첫발이 차의 후미등에 적중한 순간 생포해야 한다는 게 기억나서 다음부터는 침착하게 바퀴를 노렸다. 두 발, 세 발, 네 발, 다섯 발은 범퍼를 벌집으로 만드는 데 쓰였다. 그래도 여섯 발째에는 노렸던 뒷바퀴 대신 앞바퀴가 터지면서 크레인에 부딪히고 멈춰섰다.

차에서 내려 컨테이너 사이로 도망치는 용의자가 눈에 들어왔다. 거기 서라고 소리면서 쫓고 싶었지만 새삼 느껴지는 긴장감에 조용하게 쫓을 뿐이었다.

컨테이너 사이사이를 뛰지 않고 걸었다. 뛰었다가는 희미하게 들려오는 발소리마저 내 뜀박질에 묻힐 것 같아서이다. 하지만 얼마 가지 않아 희미한 발소리도 끊겼다. 놓쳤나 싶어서 위치브리핑을 기다리려 핸드폰을 꺼내

넷

들었는데 놓친 게 아니라 내 뒤였다.

컨테이너의 안에서 옮긴 걸음의 소리가 철제 컨테이너를 울림통 삼아 크게 울렸다.

기습을 실패한 이상 이판사판으로 덮칠 게 뻔했기에 나도 발차기를 준비하고 열리는 타이밍에 맞춰 목을 향해 날렸다. 다리가 몸과 함께 돌아가며 예상한 부분에서 픽 소리가 났다. 하지만 차례는 상대에게 넘어갔다. 그는 간지럽지도 않다는 듯이 내 다리를 잡아내서 끌어당겼다. 나도 이에 질세라 순식간에 올라타서 두 다리로 목을 감고 넘어뜨리려 하자 냅다 던져졌다. 자기 마음대로다.

서로의 기습은 실패로 돌아가서 대치 상태가 됐다. 아까의 나무 상자를 어디에 뒀는지 요리조리 둘러보니 그의 뒤에 있었다.

"훔친 거 넘기고 순순히 투항하면 보석금 정도는 내줄게."

"지금 몇 시야?"

"14시."

뜬금없이 시간을 물어보는 건 왜일까? 엄마가 점심 먹기 전에 돌아오라고 했었나?

"고맙다."

용의자는 머리에 총을 가져다 댔다. 내 벽장에서 빼낸 총은 어디다 버렸는지 경찰의 리볼버였다. 첫 약실이 공실이길 빌면서 총을 빼앗으려 들었지만, 그는 빠르게 실린더를 돌렸다.

"아직은 공포탄이잖아."

"공포탄도 근접하면 살상력이 있지. 다가오면 죽을 거다."

생포 명령이 있다는 걸 아는 모양이다. 또한, 공포탄의 위력은 잘 몰라도 근접했다가 실탄을 맞을 수도 있으니 함부로 움직일 수 없었다.

"뒤에 있는 상자를 보니까 아직 못 빼돌린 거 아니야?"

"시간 끌기다."

그가 자신의 머리에 총을 겨눈 채로 상자를 차서 넘겼다. 빈 상자가 요란하게 굴러서 내 앞에 멈추었을 땐 뚜껑마저 열렸다.

"저, 저기⋯ 아—"

"잘 자라줘서 고맙다."

아빠는 혼자만 멋진 말을 하고 쓰러졌다. 바닥에 떨어진 피가 빗물을 타고 순식간에 퍼졌다. 하지만 아직 뛰고 있는 맥박을 짚으며 바보 같게 죽지 못 했다고 생각한 순간 비 때문에 한층 차가워진 바닥에서 그의 생명이 멈추었다.

"살아있는 채로 잡아야 한단 말이야. 응? 일어나 봐, 일어나 보라고⋯."

망설이지 않고 총을 뺏었으면 하는 후회를 할 겨를도 없었다. 경찰의 수많은 사이렌 소리가 가까워져서 그의 품에 있던 권총만 찾아내고 도망쳐 나왔다.

아무리 힘을 주어도 초점이 맞춰지지 않는 눈으로 버스에 올랐다. 머리카락이 젖었고 옷이 젖었고 신발이 젖은 상태였다. 실은 초점을 맞춰서 평소와 같은 세상이 보이는 게 싫어졌을지도 모르겠다.

항상 이 시간대에 낮잠을 자고 있을 엄마를 배려하지 못한 채 쿵쾅거리며 계단을 올라 방에 틀어박혔다. 그러고서 언제 잠들었는지 엄마가 다급한 목소리로 나를 깨웠다. 여전히 멍한 머리로 아빠가 있다는 병원에 갔다. 몇 시간 전 마지막으로 봤을 때보다 편안하다는 표정이었다.

병원에서는 병상에 누워있는 체육 교사도 만날 수 있었다. 그는 내게만 살아서 잡혔어도 어차피 죽는다는 것은 아빠가 더 잘 알고 있었을 거라며 위로 아닌 위로를 건네주었다. 그래 봤자 반대쪽 귀로 흘러나가기만 했다.

3일의 장례식은 말할 것도 없고 장례식으로 쓸 수 있는 5일의 현장학습 동안 어느 곳에도 나가지 않았다. 다시 돌아온 토요일과 다음 날인 일요일, 그다음의 월요일이 왔어도 방 밖으로, 아니 침대 밖으로 한 발자국도 나는 나서지 않았다.

터무니없다. 터무니없게도 단지 하나의 사람인데 심지어 내가 죽인 것도 아닌데 처음으로 나 때문이라는 생각이 들었다. 정작 나 때문에 죽은 이들은 열 손가락으로 세지 못할 만큼 많지만 말이다.

등교 거부로 일주일이 흘렀다. 수업일수만 채우라며 다독여주던 엄마도 슬슬 걱정되는 눈치였다. 핸드폰에는 모르는 번호로 매일같이 문자가 왔는데 가온이가 선생님께 내 번호를 받아서 보내고 있었다.

초반에는 슬프겠다나 건강이라도 챙기라는 안부의 말이 왔었다. 그런데 점점 학교에서 있던 일이나 자신의 일상을 주절댔다. 의도를 모르겠다.

신경 써 줄 거면 옆에 사는 김에 와 보라는 생각이 들었어도 이내 방문을 열어줄 생각이 없다는 것을 깨달았다. 현석이에게서 온 문자는 없는 걸 보니 따로 소식은 듣지 못했나 보다. 아니면… 그저 듣지 못했을 거다. 그렇게 믿자.

하지만 그 믿음은 다음 날 처참히 깨졌다. 물론 소식을 듣지 못했을 거라는 믿음이었다. 그가 찾아왔다, 집에, 내 방 앞에.

"열어줘."

똑 또독 똑 똑.

"나랑 야구공 던질~래~?"

미안하지만 웃음은 나오지 않는다.

"안 잠갔어."

열어 줄 생각이 없는 것과 잠그지 않은 것은 별개의 일이다.

"그래도 열어줘."

"싫어."

"열어도 돼?"

"…"

현석이가 문고리에 손을 올렸는지 소리와 함께 문이 조금 흔들렸다. 그러나 그뿐이었다.

"안 열어주면 간다."

가라 가.

"…"

"그리고 내일 또 올 거야."


다음 날, 그는 어제보다 늦은 시간에 와서 문을 두드렸다. 연속해서 승리를 거뒀다면 결승 경기가 있었을 날이다.

"솔아."

"…"

"민솔."

"…"

"어어~!"

"그렇게 크게 안 불러도 잘 들려."

"대답이 없길래 안 들리는 줄 알았지."

"…"

"솔아."

"…"

"네가 좋아."

"…"

"솔아! 좋—"

"엄마 있잖아."

방문을 열고 그의 입을 손으로 막았다.

"읍브브븝 으브븝. 푸하, 열어줘서 고마워."

나는 침대로 돌아가서 이불을 뒤집어썼다. 급하게 덮어쓰느라 팔이 삐져나와서 집어넣으려 했는데 그가 손목을 잡고 둥그런 것을 건네주었다. 그것이 손에 완전히 안착하자 실밥이 느껴졌다.

"이겼어?"

"아쉽게 졌어."

눈만 빼꼼 내밀고 다시 본 현석이는 경기가 끝나고 바로 왔는지 유니폼을 입은 채로였다.

"옷 지저분해."

"바로 왔으니까."

그 역시 의식하고 있는지 어디에도 엉덩이를 붙이지 않고 일어서 있었다.

"진 주제에 공은 왜 가져왔어?"

"이제까지 이긴 몫이야."

대화가 끊겨서 생긴 적막함에 갑자기 눈물이 차올랐다. 무슨 말이라도 좋으니까 그가 입을 열어서 이 감정을 눌러줬으면 했다. 내가 먼저 말하면 분명 한 마디, 한 글자도 나오지 않고 대신에 눈물이 나올 거 같다.

그 바람에 부응했는지 현석이는 입을 열었다.

"울어도 되잖아."

"…"

암살자라도 사이코패스가 되긴 싫어!

말하는 것을 기회 삼아 나오려는 눈물을 꿀꺽 삼켰다.

"참기만 할 거면 대신 울어줄게. 나도 져서 슬프다고."

순간 그가 진 것에 분하다며 우는 모습이 머릿속에 그려져서 웃음이 나왔다. 하지만 웃음은 이내 울음으로 변해갔다.

"우왁!"

넓어 보이는 그의 몸통에 날아들어 두 팔로 꼭 끌어안고 얼굴을 파묻었다. 이렇게 해서라도 바보같이 우는 내 얼굴이 보이지 않았으면 한다.

"흙 묻어서 더러워."

"알… 게… 뭐야."

숨이 제멋대로 쉬어지고 그에 맞춰 어깨가 들썩거리는 게 느껴졌다.

"우는 너도 싫지만은 않아."

"아까… 진심이었어?"

울먹거리는 목소리를 겨우 짜내서 말했다.

"남자의 고백을 무시하지 말아줘."

"너는… 너는… 너는….'

해야 할 말이 나오지 않는다. 너는 나를 좋아하면 안 된다는 다섯 단어의 말이 입 밖으로 나오기를 거부했다.

"네 눈동자는 스치기만 해도 알 수 있어."

암살을 위해서 그를 제압할 때 이미 들킨 모양이다.

"그러면… 원망의 말이라도 하라고!"

"누구든지 죗값은 받아야지."

"우리 아빠가 왜 죽은 줄 알아?"

"…."

"같은 이유에서야. 다른 점은 성공했다는…. 내가 의미 없는 희생자로 만든 거야."

"그 날 네가 실패했어도 결과가 달라졌을까?"

분명 내가 아니라도 누군가가 성공할 때까지 찾아갔겠지.

"(도리도리)"

파묻은 덕에 그의 품에 비비는 형태가 됐다.

"귀여운 너도 좋아, 야구를 하던 너도 좋아. 혼자 있는 너도 좋고 풀 죽어 있는 모습도 좋아. 그래도 웃는 네가 좋아."

"갑자기 사랑 고백?"

"아니, 우정 고백. 남자친구는 안 구한다며."

저절로 코웃음이 나왔다.

"내일부터 점심시간에 와 줄 거야?"

"응."

내 눈은 조금은 달라진 평상시의 일상을 비추었다. 하교 후 집에 들어서면 앞치마를 두르고 집안일을 하는 아빠의 모습은 없었지만, 점심시간의 벤치에 사람이 늘었다. 원인은 가온이가 친구랑 대판 싸우고 도피처로 삼은 탓이었고 반장이 그걸 달래려 쫓아왔다. 싸움의 이유라고 함은 뭐니 뭐니해도 나 때문이었다. 하지만 이제는 옛말이 됐다.

그의 친구, 그녀의 친구마저 지루한 일상에 질리면 우리 넷이 모여있는 벤치에 들렀다. 눈이 오는 날에는 눈싸움을 할 친구가 생겼다. 비가 오는 날에는 우산을 씌워 줄 친구가 생겼다. 더는 잃고 싶지 않은 소중한 사람이 생겼다.

"여보세요?"

"…"

"고객센터…가 아니라, 문의 전화도 여기로 하는 건가요?"

마우스 클릭 소리 같은 것이 나더니 기계음이 흘러나왔다.

"보수에 관해서는 1번, 추가인력 지원은 2번, 장비 신청은 3번, 기타 문의는 4번…을 눌러주세요."

4번.

"잠시 후 상담원을 연결해 드리겠습니다."

연결음이 세 마디 울리고 역시나 로봇 상담원과 연결됐다. 목소리 변조일 수도 있겠다.

"무엇을 도와드릴까요?"

"퇴사하고 싶어요."

이번에는 확실히 키보드 소리가 들려왔고 그 소리가 통화와 함께 끊기자 문자가 하나 도착했다.

[□□□호텔 71768호.]

말도 안 되는 호수를 되뇌며 검색해 보니 호화로운 호텔이 나왔다. 이어서 사표에 대해 찾아봤다. 그리고 양식을 프린트해서 소속과 직급 칸은 뺀 채로 나머지 칸을 채워 봉투에 담았다. 한자 세 글자를 적는 것도 잊지 않았다.

토요일 오후, 엄마가 낮잠을 자는 틈을 타서 메모하나만 남기고 호텔로 갔다. 프런트에 71768호를 물었는데 그런 건 없다며 나를 이상한 사람 취급했다. 그래도 계속 물고 늘어졌더니 직급이 높아 보이는 사람이 나와서 지하로 안내해줬다.

71768이라고 적힌 고급스러운 문 앞에는 경비원도 없었다. 수상하다는 생각을 하며 두 번 두드리고 나서도 기척이 없자 그냥 열고 들어갔다. 다행히 의자에는 누군가가 앉아있었다.

"저기…"

"너였구나."

목소리가 중후한 미중년이 나를 안다는 듯이 맞아주었다. 이쪽에서 나를 모르는 사람이 있을까 하는 생각도 들었다.

"당신이 음… 회사? 의 사장인가요?"

"심부름꾼."

"이거 두고 갈게…요?"

앞에 있는 책상에 한자가 적힌 하얀 봉투를 내려놓고 물러서려는데 무언가가 날아왔다.

참.

직육면체의 무언가는 종이 재질의 포장지로 싸여있어서 찰진 소리가 났다.

"퇴직금이다."

또 뭐가 날아올까 봐 뒷걸음질로 문턱까지 왔을 때 그가 한마디 더 해줬다.

"떠벌리고 다니지 않는 이상 위협당할 일은 없을 거다."

나도 해야 할 한마디가 떠올랐다.

"장비 반납은 어떻게 해요?"

"안 가져 왔어?"

"(끄덕끄덕)"

"사람 보낼 거니까 빠짐없이 돌려줘라."

"네."


집 앞 정류장에서 내렸더니 하늘이 어두워지고 있었다. 홀가분한 마음으로 가벼운 발걸음을 옮겼다. 그것도 잠시였다. 안전할 거라는 말만을 철석같이 믿은 내가 방심하고 있을 때를 노린 습격인 줄 알았다.

"원망이라도 해 보랬지?"

익숙한 목소리, 어제도 들었던 목소리다. 그 목소리의 주인은 뒤에서 붙잡고 칼을 들이댔다. 목에 감긴 팔에 두 손을 얹어서 떼어내려 해 보았지만, 지금의 나로는 역부족이었다.

"좋은 시도네."

"시도로 끝날 거 같아?"

"아니."

대답을 끝마치고 칼이 노리고 있는 곳 그대로 그의 손을 잡아당겼다. 스프링 소리와 함께 플라스틱 칼날은 손잡이로 들어갔다. 턱 아래에는 장난감 칼을 쥔 주먹만이 느껴졌다. 그리고 당황한 현석이의 표정을 놓칠세라 재빠르게 뒤돌아서 그를 바라보며 방긋 웃어 보였다.

"삼진 아웃~! 9회 말, 1점 차 상황에서 삼자범퇴로 경기 종료. 서현석 선수 7이닝 2피안타 1실점으로 레이더스를 승리로 이끕니다."

적당한 집의 적당한 텔레비전에서 메이저리그의 중계가 흘러나오고 있었다. 화면이 넘어가더니 그가 자신을 비추는 카메라를 향해 손을 흔들었다.

"아빠!"

"가까이서 보면 눈 나빠져. 뒤로 와. 웃차."

갈색 머리에 보라색 눈인 조그마한 아이를 내 앞으로 끌어당겼다.